SCOTTEN
Novemberluft

En deckare av Mats Gustafsson

© Mats Gustafsson
Förlag: BoD – Books on Demand, Stockholm, Sverige
Tryck: BoD – Books on Demand, Norderstedt, Tyskland
ISBN: 978-91-7699-469-6

Innehållsförteckning

Förord

Tack till er som har gjort den här boken möjlig. Lektörer Susanne Gustafsson och Ingrid Gustavsson som bidragit med goda råd och coaching. Konsult och producent Ellinor Ek har gjort allt färdigt för tryck på förlag vilket erfordrats för att boken över huvud taget skulle bli av.

Deckaren du håller i din hand är skriven av Mats Gustafsson. Namn och karaktärer som finns med i boken är produkter av min fantasi och används i ett påhittat sammanhang. Varje eventuell likhet med verkliga personer, levande eller döda, är en ren tillfällighet.

Boken "SCOTTEN NOVEMBERLUFT" är första delen i andra trilolgin om Oskar "Scotten" Scott. Den bygger vidare på de två tidigare trilogierna där den första bestod av
"SCOTT 20SEXTON", "SCOTT PÅ HOTEL BOHEMIA" och "SCOTT EFTERDYNINGEN". Därefter kom "SCOTTEN AKTERSEGLAD", SCOTTEN   DEN VITA LÖGNEN" och " SCOTTEN   GENTJÄNSTEN".
Tidigare har jag som författare även skrivit boken "GLAPP I RATTHÅLLAREN!"

Jag hoppas att du finner god behållning av boken!

Kapitel 1

Scotten gick som på moln ut till sin cykel för att åka hem
från sitt arbete på Allsvets AB. När han på sin
eftermiddagsrast tittat på sitt bankkonto, hade det visat
sig att en del övertidsarbete och goda förslag till
"bossen", gett direkt resultat beträffande lönen. Många
av hans arbetskamrater verkade inte ta sitt jobb riktigt
på allvar, utan gjorde istället det mesta för att utnyttja
alla möjliga system och samtidigt göra allt för att inte på
något sätt förta sig. Det var som om de inte insåg att
deras anställning till stor del berodde på om de skötte
sig på företaget. Började det gå dåligt på arbetsplatsen,
var risken överhängande att de skulle få sluta allihop.
För pengarna som runnit in på kontot, var tanken att han
skulle köpa sin första skapliga bil. De rishögar han
avverkat tidigare var knappt värda att nämna, för de
hade varit i så dåligt skick att de endast hållit i högst ett
par månader. Scotten hade köpt dem billigt och så fort
det blivit dags för besiktning, så hade det blivit körförbud
på dem och därefter var det bara skrotning som gällde
för att det blivit för dyrt att reparera dem.
Det var en arbetskamrat som undrat om han ville köpa
en Vovo V60 som var sju år gammal. Skälet var att de
väntade sitt tredje barn och att då gränsen med råge
skulle passeras för vad det gick att klämma in i bilen.
För Scotten och hans flickvän Lisas del borde modellen
vara helt perfekt, inte minst för att de om några
månader skulle bli föräldrar till sitt första barn. Detta

skulle medföra en hel del transporter för kontroller och prylar som behövde inhandlas. Dessutom såg han fram emot att ibland när det var ruggigt väder, kunna slippa cykla till sitt arbete. Han insåg dock att det för konditionens skull egentligen vore bäst om han fortsatte att trampa på i ur och skur, men ibland var det ändå läge att inte minst för att slippa bli förkyld, kunna ta bilen istället för att komma fram blöt och genomfrusen.

Till Lisa hade han inte nämnt något om sina planer, vilket var ganska ovanligt. Oftast rådgjorde de om i stort sett allt när det gällde ekonomin, men det var en sak som fått honom att tänka om lite på den punkten. Nyligen hade hennes föräldrar ärvt en summa pengar och av dessa hade Lisa fått femtio tusen. Lisa hade sagt att de ju nu var en familj som snart dessutom väntade tillökning och därmed skulle de använda pengarna gemensamt. Ändå hade Lisa börjat köpa en massa skit till hemmet som hon påstod att de var i behov av. Det handlade inte om att köpa saker de saknade, utan sådant som hon tyckte behövde bytas ut, allt ifrån serviser till gardiner och en ny matgrupp till köket. Visserligen såg väl det de haft sedan tidigare inte hypermodernt ut, men Scotten ansåg att allt det hon köpt mycket väl kunnat vänta tills de hade lite mer buffert om de exempelvis skulle vilja skaffa ett litet hus i framtiden. Detta var dock inget han hittills sagt till Lisa, för han visste hur förbannad och ledsen hon skulle bli om han gjorde det. Inte minst med tanke på att hon i det här läget av graviditeten var så känslig att hon kunde börja gråta för i stort sett vad som helst. Scotten visste att han borde ta upp det snarast,

3

för det var något som annars riskerade att gnaga sönder deras förhållande.

När han satt sig på cykeln för att åka hem, sköt han bort tankarna på sin flickväns onödiga inköp och började istället tänka på hur han fullt ut skulle finansiera inköpet av V 60:n. Smidigast vore att ta ett sms-lån, men av erfarenhet visste han att det skulle bli onödigt dyrt. Billigast skulle vara att be sina föräldrar om pengar, men det var något han drog sig lite för. De hade visserligen erbjudit sig att det bara var att säga till, så skulle de hjälpa till om det inte var för stora summor som det gällde. Men sedan tidigare visste han att det kunde bli ganska jobbigt att stå i skuld, särskilt till sin pappa Henrik. Det var ofta som farsan i gengäld bad om att få grejer utförda för att slippa göra dem själv. Oftast var det väl inga större saker, utan mer att däck skulle bytas eller att ogräs behövde rensas. Känslan av att inte känna sig fri och kunna utföra sådant på eget bevåg tyckte Scotten var onödigt betungande. Trots allt beslöt han sig för att prata med dem endera dagen, för att höra om han kunde få låna tjugo tusen till bilen han tänkte köpa. Han räknade med att kunna betala tillbaka allt inom ett år utan några större problem. Ett alternativ hade varit att vänta tills han hade sparat ihop femtiotvå tusen själv, men det var inget som lockade riktigt. På Blocket hade han sett att det var ett klipp för just den bilmodellen, som förmodligen inte skulle infinna sig igen.

Inom sig kände han en skön tillfredsställelse av att hyggligt snabbt kommit fram till ett beslut som han inte trodde att han skulle ångra. Scotten hade hört att det oftast var saker som man inte gjorde man ångrade, för att tillfällen sällan återkom. Visst kunde det säkert vara tvärtom med för den delen, men den känslan skyfflade han snabbt undan.

Halvvägs hem från jobbet kom han på att det var ett ypperligt tillfälle för att passa på att klippa sig innan Lisa slutade sitt arbete klockan arton. När han låst fast sin cykel i ett stuprör utanför frisören, gick han in och hoppades på att det inte var för många i kö före honom. En snabb blick gav svaret att det var tre kunder före, men förmodligen skulle det inte ta mer än högst en halvtimme, vilket inte gjorde speciellt mycket. När han satt sig i den nedsuttna skaisoffan upptäckte han att det bara ett par meter framför honom fanns en stor spegel, där han vare sig han ville det eller ej, kunde se hela sig själv. Framför sig såg han en kille som var inne på sitt tjugoandra år med en hel del livserfarenhet trots den ringa åldern. Sist han stannat upp och iakttagit sig själv så här, hade varit förra gången han suttit hos frisören och väntat. Bara på den dryga månaden märkte han en markant skillnad mot sitt forna jag. Ansiktet hade antagit skarpare drag och han såg manligare och något äldre ut. Om detta berodde på att han snart skulle bli pappa eller om det var all övrig turbulens i livet visste han inte. Egentligen spelade det inte så stor roll, han kunde bara konstatera att skillnaden var markant. Efter ytterligare lite funderande kom Scotten fram till att det mycket väl kunde vara en kombination av båda sakerna.

De här stunderna när han i lugn och ro fick sitta och fundera var något som han gillade skarpt, för normalt sett var det inget som han unnade sig till vardags. Då var det alltid en massa måsten och krav som skulle avverkas och det kändes hela tiden som om bördan ökade.

-Varsågod nästa, sade plötsligt frisören på bruten svenska och spände ögonen i honom.

Med en nickning tillbaka svarade Scotten och reste sig upp för att gå till frisörstolen. Snart väntade ytterligare en skön stund som han brukade njuta av i fulla drag. Det var när han blev klippt med maskin riktigt kort i nacken samt upp till en bit över öronen. Lite generad kom han på att han satt och blundade när maskinen avverkade det mesta av håret och bara lämnade något liknande svinborst efter sig.

-Har du haft mycket att göra idag? frågade Scotten mest för att slippa några kommentarer om att han nyss haft ögonen stängda.

-Det har varit som vanligt ungefär, lugnt på förmiddagen och sedan blev det kö vid lunch. Från halvtolv har det inte blivit någon paus. Vill du ha lite vax i luggen? undrade frisören.

-Ja tack, smeta dit en klick så det ligger still när jag cyklar hem, svarade Scotten och flinade.

- - - - -

På lite avstånd såg Leila Scotten låsa upp låset till sin cykel utanför frisersalongen. Själv hade hon handlat det viktigaste och var på väg hem efter en omväxlande men slitig arbetsdag. Senaste mötet med Scotten hade varit lite spänt då hon gett honom en viktig förmaning, så hon kände inte alls någon lust för att börja snacka med honom. Istället för att börja cykla fortsatte hon gå ett tag, för att släppa iväg honom en bit. Oundvikligen kom tankarna upp på hur allt hade utvecklat sig den senaste tiden med Scotten. Först hade han räddat livet på henne genom att få loss en bit äpple hon satt i halsen. Som en gentjänst hade Leila låtit Scotten gå fri från brottsmisstankar, trots att hon funnit starkt bevismaterial för att han var inblandad i ett mord. Så här i efterhand led hon av att ha nöjt sig med detta, främst för att han ju faktiskt räddat hennes liv och en sådan sak gick helt enkelt inte att återgälda på det viset. Leila hade hoppats att hon skulle kunna förtränga händelserna och helt enkelt bara gå vidare i livet, men allteftersom förstod hon att det här var så omvälvande att hon förmodligen aldrig skulle glömma det. När hon tittade upp för att se om Scotten kommit iväg, såg hon att så var fallet och beslöt sig för att snart sluta gå och istället börja cykla. Konstigt nog infann sig en tvångstanke, att hon skulle vänta med det tills hon kom fram till nästa korsning. Vad som skulle hända annars visste hon inte och hon hatade sig själv när hon föll för sådana här inre påtryckningar. Möjligtvis bottnade allt i att hennes mamma berättat för henne att hon alltid var tvungen att gå på de vita strecken på ett övergångsställe när hon passerade en gata. Det var som om att hon skulle falla handlöst ner i all världens elände om hon trotsade sin uppsatta regel. På ett så naturligt sätt som möjligt, gjorde hon alltid allt för att passa in steglängden för att kunna leva upp till sina krav. Vad hon visste så hade hon aldrig missat de vita linjerna. Jäkla nonsens, tänkte Leila men beslöt sig ändå för att fortsätta gå en bit till. Om detta berodde på att hon inte ville utmana ödet, förträngde hon. För att få bort tankarna, böjde hon sitt huvud lite bakåt och kisade med sina ögon. Solen värmde så härligt mot hennes ansikte och hon såg till att ta riktigt djupa andetag för att fylla sina lungor med den kyliga novemberluften. Livet kändes plötsligt så underbart och det var som om inget någonsin kunde gå fel för henne.

Plötsligt reagerade Leila över att det lät annorlunda när hon satt ner sin vänsterfot. Det var som om inte sulan riktigt kom ner till trottoaren, utan att det kommit något på skosulan. Nästa steg och även de följande lät likadant, så hon beslöt sig för att undersöka vad som orsakat det hela. Synen av att en stor äcklig bajskorv från en hund hade kletat sig fast under vänsterdojan, fick det att ögonblickligen börja koka innanför pannbenet på Leila. Instinktivt svepte hon med sin blick runt omkring för att i första hand se om det fanns någon hundägare som kanske var skyldig och inte plockat upp efter sin bajsmaskin till djur. I andra hand sökte Leila av området för att se om det var någon som sett hennes missöde, samtidigt som hon med ett par kliv försökte få bort skiten från sin sko genom att skrapa av det mesta på trottoarkanten. Med en snabb blick ner på skon, såg Leila att det illaluktande mojset trängt upp på båda sidorna och hon kände hur svettig hon blev av ren ilska. Någon jycke som kunnat tänkas ha åsamkat det hela såg Leila inte, däremot mötte hon ett äldre par som småskrattade åt henne. Helst hade hon velat skälla ut dem för att de hade roligt åt henne, men hon stålsatte sig att inte säga något till dem. Inom sig förbannade hon sina tvångstankar som just lett till att hon fått hela sin vänstra sko nersmetad med skit. Visst fanns det saker som var mycket värre här i världen, men sådana här grejer var ju så grymt onödiga. Nu skulle hon få ringa till sin pojkvän Petter och be honom komma ut från deras hyreshus med en hink ljummet vatten med såpa och en gammal diskborste för att bli kvitt problemet.

- - - - -

Lisa fick byta hand ofta, för kassen med de nyinköpta krukorna var blytung. Ett tag tänkte hon bett sin pojkvän Scotten komma och möta henne, men hon anade att han nyligen var hemkommen från sitt arbete och ville ta det lugnt istället. Nu var det ändå bara knappt halvvägs kvar, så om hon kämpade på och kanske tog paus några gånger, skulle hon fixa det ändå. Lisa hade blivit överlycklig när hon på sin lunchrast gjort sitt fynd. För att få lite frisk luft och bli av med några gram, hade hon på sista tiden satt i system att försöka komma ut och gå en rask promenad i samband med lunchen. Det var vid ett sådant här tillfälle hon fått syn på de relativt stora krukorna som matchade perfekt till deras nya matgrupp. Som kronan på verket så gick mönstret igen lite i gardinerna, vilket Lisa ansåg var förträffligt. Hon hade så länge hon kunde minnas varit intresserad av heminredning och hon drömde om att få en artikel skriven om sig och deras hem. Än så länge var det dock inte aktuellt och risken var väl att det aldrig skulle bli så mycket mer än just en dröm. Detta bottnade sig bland annat i att Scotten var närmast fanatiskt inne på att spara all gammal skit och typ ingenting fick slängas eller bytas ut om det inte var fullständigt värdelöst. I de fallen som det var så illa, tyckte han konstigt nog inte att de

9

skulle kasseras då heller! För då kunde det kanske helt plötsligt användas till något annat än vad som varit avsikten från början. Första tiden hade Lisa tyckt att det var en ganska charmig egenhet hos sin pojkvän, men allteftersom tiden gått, hade hon börjat reta sig på det. Hon visste dock att han aldrig skulle kunna ta det på ett bra sätt om hon tog upp det, trots att det var hon som egentligen stod för lägenheten.

Vid närmare eftertanke insåg Lisa att det kanske vore bäst att låta saken bero och inte nämna något, för det kändes på samma gång som en ganska banal sak att bli osams för. Dessutom var det ju hon som ärvt en summa pengar, som hon visserligen sagt att de skulle spendera gemensamt. Lisa rättfärdiga sina inköp trots detta, för allt hon handlade till hemmet var ju till dem båda. På köpet hade ju tyvärr hennes pojkvän inte en gnutta smak för hur ett schysst hem skulle se ut, så därför var det bäst om hon stod för den delen, tänkte Lisa medan hon tittade upp och äntligen såg deras lägenhet.

-Hej älskling, har du handlat upp halva Nyköping? frågade Scotten när han öppnat ytterdörren åt henne.

-Puss på dig, ja vänta så ska jag visa dig vad jag har gjort för fynd idag, svarade Lisa medan hon satte ned den tunga kassen på golvet och blåste i sina händer.

-Vad är det för något och vad kostade det? undrade Scotten medan hans ögonbryn automatiskt for långt upp i pannan.

-Det ser du väl att det är blomkrukor till söderfönstret! De kommer att passa perfekt till matgruppen och gardinerna jag satte upp förra veckan, svarade Lisa.

-Jaha, så bra då. Är du hungrig? frågade Scotten.

-Ja, det skulle sitta fint med lite kvällsmat innan jag fixar med det jag köpt. Du kommer se sådan skillnad när allt är på plats, svarade Lisa lyriskt.

-Det får vi verkligen hoppas, svarade Scotten utan att veta vad hon gett för krukorna medan han tog fram varsin djup tallrik från köksskåpet ovanför diskbänken.

-Jag hörde inte vad du sade älskling, för jag kom precis från badrummet där jag tvättade händerna, fortsatte Lisa.

-Det ska bli kul att se när det är färdigt, svarade Scotten samtidigt som han funderade för fullt på om det gick att använda de gamla krukorna till något vettigt. Han kände inte att det var riktigt läge att tala om för Lisa vad han egentligen tyckte, för han älskade att se henne glad och uppspelt. Den senaste tiden hade det gått allt längre mellan gångerna han sett henne så här och det var stunder som var värda hur mycket som helst.

Dessutom var skadan redan skedd tänkte han, för de nya krukorna var ju tyvärr inhandlade nu, helt i onödan.

-När jag har bytt ut de gamla krukorna ska jag skicka bilder på allt som är nytt här till Ebba, för hon har säkert samma smak som jag, berättade Lisa.

-Förmodligen tycker min tvillingsyster att allt är toppen, hon är förresten också väldigt dyr i drift, mumlade Scotten medan han skramlade fram besticken ur lådan.

- - - - -

Kapitel 2

-Tusan också, vem fasen har tagit sönder kopieringsapparaten! utbrast Henrik när han inte fick den att fungera.

-Jag tror Scotten var här i förrgår och skrev ut någonting, men han sade inget om att den var trasig. Du har ju sagt att barnen får låna allt från skruvdragare till skrivare av oss, så vad är problemet? Skulle något strula är jag övertygad om att de säger till, svarade hans fru Maria med en undrande blick.

-Jag blir så förbannad, för jag hade verkligen behövt ta en kopia på det här nu! Eftersom jag varit på mina medarbetare att låta bli att använda arbetsplatsens skrivare för privat bruk, så har vi ju köpt den här helvetesmaskinen som tydligen bestämt sig för att strejka! fortsatte Henrik medan svetten rann från hårfästet.

-Om du vill kan jag ta med papperet imorgon och ta en kopia på biblioteket, för där får vi som anställda låna den om vi behöver, föreslog Maria.

-Grejen är ju den att vi har köpt det här aset för att slippa vara beroende av andra och sedan står vi där likväl med röven i brevlådan! fortsatte han.

-Jag orkar inte höra ditt tjat mer, ge mig lappen så cyklar jag till mitt jobb nu så är det ur världen sedan, föreslog hon.

-Ja, men det är en principsak förstår du. Lånar man något och det råkar gå sönder så tycker jag att man berättar det, sade Henrik medan han gav papperet till sin fru. För sig själv tänkte han att han skulle ringa till sin son och fråga om kopieringsmaskinen krånglat häromdagen. Detta kände han dock inte att det var läge för så länge Maria var kvar hemma.

-Om du vill kan vi gå tillsammans istället, för det verkar som att du behöver komma ut och kyla av dig, sade Maria samtidigt som hon tog på sig sina stövletter.

-Tack för omtanken, men jag känner inte för att gå ut när jag ser ut som en fullmogen bifftomat i nyllet. Förlåt att jag brusade upp förut. Tyvärr blir jag ju lätt urförbannad när saker inte fungerar, förklarade han.

-Okej, jag är tillbaka om en kvart så kan vi dricka lite kaffe, föreslog hon.

-Visst, jag ordnar det, svarade Henrik samtidigt som Maria stängde ytterdörren efter sig. Direkt plockade han fram sin mobiltelefon för att ringa sin son Oskar.

-Hej det är Scotten.

-Tjena, är allt bra med er? frågade Henrik

-Visst här är fint, är det något speciellt du vill? undrade Scotten

-Du hade visst kopiatorn sist och nu fungerar den inte. Gick maskinen som den skulle när du hade den, eller? undrade Henrik.

-Det var inget fel på den då. Anklagar du mig för att jag har tagit sönder den så är du allt ute och cyklar, svarade Oskar och höjde röstläget.

-Det är bara så tråkigt när man lånar ut grejer och de inte fungerar sedan när man ska ha dem själv, svarade Henrik.

Med ett hårt tryck på skärmen kopplade Scotten bort samtalet för att inte brusa upp ännu mer mot farsan.

13

Samtidigt knöt han sin andra hand hårt runt en stilett i byxfickan, som han den senaste tiden burit med sig för det mesta.

-Var det din pappa som ringde? undrade Lisa.

-Ja, det var farsan. Han undrade väl mest om allt var bra med oss, svarade Scotten för att bespara sin flickvän detaljer om dispyten som inträffat. Inom sig insåg han att några pengar utlånade av sin far knappast var tänkbart i det här läget. Allt kändes med en gång så jäkla hopplöst, för han ville verkligen ha bilen som jobbarkompisen hade till salu. Nu lutade det åt att han kanske skulle få prata med Lisa om vilket klipp bilaffären var och förmodligen skulle hon inte motsätta sig att skjuta till pengarna som behövdes. Det som talade emot det alternativet, var att han inte säkert visste om Lisa innerst inne tyckte att det var en så bra idè att köpa bil just nu. Dessutom hade det varit härligt att få visa att han klarade av att göra något riktigt bra själv. Inte bara inför andra utan minst lika mycket för att stärka sitt självförtroende. Visst fanns chansen att vinna pengar på triss, men den var extremt liten. Plötsligt slog det honom att hans bästa kompis Ludvig förmodligen kunde lösa hans dilemma. Nästan alltid brukade han ha konstruktiva lösningar på problem som dykt upp. Med ens kände sig Scotten lite bättre till mods och med ett leende gick han fram och kramade Lisa.

- - - - -

-Hur har du haft det på jobbet idag? frågade Petter hurtigt för att få Leila att tänka på något annat.

-Det har väl varit ungefär som vanligt. Ganska jäktigt och lite struligt, svarade Leila kort.

-Jaha, inget du vill att vi ska analysera tillsammans förstår jag, sade Petter och log.

-Jo just det, en sak till har hänt idag och det är att vi har fått en ny medarbetare. Jag kan berätta mer när vi kommit in i lägenheten, föreslog hon.

-Skönt att du fick bort allt från skon, jag kan slänga borsten och tömma ut sista vattnet om du vill gå in så länge föreslog Petter.

-Ja tack, det vore snällt. Jag har handlat lite på vägen hem, så då kan jag ta rätt på det, svarade hon.

Ilskan började gå över och istället kände Leila sig bara trött och uttråkad. Visst var det ingen stor grej att ha trampat i hundskit men det var ändå en sak åt fel håll. Hur som helst var det ju historia nu och något som bara var att släppa, tänkte hon medan hon låste upp deras lägenhetsdörr. Leila såg fram emot att äta kvällsmat och sedan ta en dusch. Därefter skulle hon ta på sig sin mysoverall och krypa upp i soffan tillsammans med Petter, var hennes plan.

-Tycker du inte vi ska ta en rejäl långpromenad efter att vi käkat? det är ju så frisk och härlig novemberluft ute, sade Petter när han kom in.

-Det hade jag först inte tänkt mig men varför inte, då kan jag duscha när vi kommer tillbaka, svarade hon.

-Härligt, för jag känner själv att det blivit för mycket tid framför datorn på redaktionen idag. Man får liksom möjlighet att rensa hjärnan och lungorna om man går en sväng, förklarade han.

-Visst, men först måste vi äta stadigt, annars orkar jag inte ta ett steg, svarade Leila och öppnade kylskåpsdörren för att se vad som fanns att välja på.

-Berätta något om er nya medarbetare, är det en manlig eller kvinnlig och var kommer hen ifrån? frågade Petter när de dukat fram på köksbordet.

-Hon heter Linn och har tydligen jobbat vid Norrköpingspolisen senaste åren. Min chef Jesper sade att hon på sätt och vis tar över mitt jobb, för från och med idag har jag blivit kommissarie. Du vet, det är ju ett led i att personalstyrkan ska öka successivt så fort det finns utbildad personal, här liksom i övriga landet, fortsatte hon.

-Vad kul att du blivit befordrad, det måste vi ju fira! Jag tycker förstås att det är något som vi borde få med i tidningen också, eller hur? svarade han.

-Tack, men det där med fler artiklar om mig avstår jag helst. Du vet att det är bland det värsta som finns, sade Leila.

-Men så farligt är det väl ändå inte. Du kan ju knappast klaga på det som skrivits hittills. Dessutom måste du låta media och lokalpress få något intressant att publicera. Annars är risken stor att tidningsdöden breder ut sig, förklarade Petter.

-Jag vet att du är en mästare på att argumentera för din sak, där har jag inte en chans. Faktum kvarstår, jag tycker inte om att vara med i media, särskilt inte om jag måste vara med på bild. Men bara för att det är du älskling som frågar, så lovar jag att jag skall tänka över saken, svarade Leila med ett brett smajl.

-Perfekt, jag tänker inte tjata mer om det men kan väl bara tillägga att allmänheten kanske får en mer positiv inställning till polisyrket och därmed får ni möjlighet att nå anställningsmålen om jag skriver om er ibland, fortsatte Petter.

-Som sagt, jag ska fundera på det, mumlade Leila med en stor limpbit i munnen.

-Vart tycker du vi ska gå någonstans? frågade han när de kom utanför porten.

-Vi kan väl ta en sväng ner till hamnen. Visserligen kommer det säkert åt att blåsa lite extra från havet där, men jag får liksom någon underbar frihetskänsla när jag ser vattnet, förklarade hon.

-Det är okej för mig att gå dit. Sammanlagt borde det bli drygt åtta kilometer fram och tillbaka, så sedan njuter vi nog av att dricka en kopp kaffe eller te. Du nämnde bara ytligt förut att ni fått en ny medarbetare, men känner du redan nu att det blir en tillgång för er på avdelningen? undrade Petter.

-Jag har bara arbetat med Linn en dag, så jag vet faktiskt inte riktigt. Första intrycket är ju ofta bestående brukar man väl säga, men efter det jag sett idag så är jag lite kluven. Det verkar som hon kan gå från en lugn sansad person till en högexplosiv individ på nolltid. Jag hörde henne ta emot ett telefonsamtal där det verkligen blev tydligt. Bara för att hon blev ifrågasatt av den hon pratade med, så skällde hon ut honom fullständigt och sedan tryckte bort killen, förklarade Leila.

-Men hon kanske blev extremt dåligt bemött av honom så att det förklarar Linns beteende, sade Petter.

-Ja visst kan det ha varit så, men det tycker jag ändå inte ursäktar vansinnesutbrottet Linn fick. Även om man blir kränkt gäller det att visa sig professionell och svara lugnt och tydligt anser jag, fortsatte hon.

-Tror du att det var hennes rätta personlighet som kom

upp till ytan då, eller kan det bottna i att hon har personliga problem att brottas med? undrade Petter.

-Jag vet faktiskt inte. Med tiden får vi väl se om det upprepas. Om det gör så, lär det inte dröja länge innan hon får klagomål på sig, svarade Leila.

-Förmodligen har du rätt på den punkten. Har du tagit upp det med din chef, eller vill du avvakta för att se om det händer fler gånger? fortsatte Petter.

-Faktum är att Jesper råkade höra slutet på telefonsamtalet när han kom från ett möte. Våra blickar möttes när hon lade på och jag såg på honom att han reagerade på hur Linn uppträdde, men han sade inget. Kan hända att han också vill låta tiden ha sin gång, för det kanske bara var en engångsföreteelse, fortsatte hon.

-Vi får förstås hoppas att det var så, sade han.

-Nu har vi bara pratat om min arbetsplats, hur har du haft det på tidningen idag? frågade Leila andfått av tempot de höll.

-Jag var bland annat på en grundskola där över hälften av lärarna sagt upp sig det senaste halvåret. Ganska tråkiga nyheter, men fakta är att det är sådant som läsarna vill ha, det syns tydligt i alla undersökningar som görs, svarade han.

-Jaha, framkom det om det var av samma orsak som de ville sluta, eller var det olika? undrade hon.

-De jag träffade sade att det hade blivit olidligt att försöka bedriva seriös utbildning där. Skälet de angav var bland annat att det sällan sattes in vikarier och att många av lektionerna i stort sett togs över av eleverna. Så fort de inte fick ha det slappt och kravlöst, började de störa ut lärarna med att prata högt med varandra.

En som ville att de skulle lämna ifrån sig sina mobiltelefoner innan ett prov för att minska risken för fusk, började de spotta på. Sedan dess har hon varit sjukskriven och det är väl möjligt att hon aldrig vill tillbaka igen, förklarade Petter.

-Usch, så tråkigt att höra. Jag förmodar att rektorn inte ville att namnet på skolan skulle stå med i artikeln eller? fortsatte Leila.

-Det var han väldigt noga med, men Nyköping är ju inte speciellt stort så många kan nog ändå räkna ut vilken det är, för rektorns namn står med, förklarade Petter.

-Hade de någon plan på hur de skulle kunna komma till rätta med problemet? jag menar, det hela är ju ohållbart, sade hon.

-Rektorn berättade att han slagit larm redan för tre år sedan till Skolverket, att det redan då började bli okontrollerbart. Han påstod också att systemet med att skolungdomar kan kränka och hota sina lärare utan någon som helst påföljd var värdelöst ur utbildningssynpunkt, sade Petter.

-Men det kan väl ändå inte vara alla elever som vill ha det så ostrukturerat. Det måste ju finnas en del som verkligen vill lära sig och med det klimatet i lektionssalarna blir det knappast optimalt, spekulerade hon.

-Skolan har visst tappat arton procent av sina elever de senaste åren, vilket förmodligen kan förklaras med att de som är ute efter att få en bra utbildning i skolan söker sig ifrån platsen, för att få det på en annan skola, berättade Petter.

-Har Skolverket gjort något för att komma till rätta

med eländet eller vad är nästa steg? undrade hon.

-När jag kontaktade ansvarig på myndigheten talade han om att det tillsatts en utredning som blev färdig lite före valet. Men sedan kom det ju ett skifte i ledningen så då beslöts det att den skulle göras om för den hade hunnit bli inaktuell, spekulerade man, berättade Petter.

-Jag blir trött bara jag hör om eländet. Det finns alltså ingen bra plan för hur allt ska lösas vad jag förstår, svarade Leila suckande.

-Nej, det ser inte så ljust ut för den skolan. Mannen på Skolverket berättade vidare, att om utbildningsresultaten sjönk ytterligare så var det fullt troligt att skolan helt enkelt skulle stängas. Själv ansåg han att det inte var en bra lösning, för då skulle alla struliga elever spridas ut på övriga utbildningsinrättningar och då var väl risken överhängande att resultaten sjönk där med, fortsatte han.

-Om man ser till helheten så verkar det bli rätt svårt att hålla samhället inom ramarna framöver, när det i stort sett råder anarki på vissa skolor. Det är ju ändå ungdomarna som ska ta över snart. Polisväsendet kommer säkert behöva fördubbla sin personalstyrka för det här, men de känns som att det är fel väg att gå. Det vore bättre om fler skötte sig, så kunde vi vara färre istället, spekulerade hon.

-Jag förstår hur du tänker, men det är nog ett väldigt komplext dilemma som inte har någon enkel lösning. Tycker du vi ska vända snart och gå tillbaka? jag fryser faktiskt lite om fingrarna, sade Petter undrande.

-Av alla djupa frågor vi snackat om nu, så har jag blivit grymt hungrig. Ska jag bjuda på en kebabpizza i den där nyöppnade restaurangen hundra meter fram? frågade Leila.

-Tja, varför inte? Men i så fall vill jag bjuda, så vi kan fira att du blivit kommissarie idag! förklarade Petter.

-Det skulle vara jäkligt gott med en stor kall öl till, undrar om det anses lämpligt så här på en måndag kväll? mumlade Leila när de kommit innanför dörren.

-Du har ju ingen uniform på dig och dessutom har du skäl att fira, om nu någon skulle komma och ifrågasätta det, fortsatte han.

-Tusan vad mätt jag är, frågan är om man orkar gå hem eller om vi ska ta en taxi? undrade hon trekvart senare när hennes tallrik var tom.

-Vi kanske kan börja gå sakta hemåt och ta en bit i taget. Dels har vi ju medvind nu och det regnar faktiskt inte. Känns det för tungt kan vi ju alltid ringa efter en taxi på vägen, föreslog Petter.

-Okej, vi kan göra så, men får vi inte tag på en bil när det behövs får du räkna med att bära mig hem, svarade Leila och skrattade.

-Det gör jag så gärna och det vet du, sade Petter och log medan han betalade.

- - - - -

Kapitel 3

-Usch, vad jag känner mig illamående. Ändå har bara halva graviditetstiden gått, så än ska jag väl egentligen inte klaga, sade Lisa och grimaserade.

-Menar du att det ska fortsätta så här för dig i flera månader till? Finns det inget du kan få som hjälper, undrade Scotten.

-Det är nog troligt att jag kommer må bättre framöver, men då är det säkert andra krämpor som tar vid och de kommer jag kanske lida mer av, förklarade hon.

-Jo, när du säger det så tror jag att jag kan försöka sätta mig in i det hela. Jag slipper ju föda, så på det viset blir det aldrig att jag kan begripa det fullt ut. En artiklel som jag läste på nätet häromdagen gav mig dock en rejäl tankeställare. Där stod nämligen att barnet sitter ju inte utanpå kroppen. Tänkar man på det viset, fattar man lite bättre att det för med sig en hel del, svarade han.

-Ha, vad kul att ha en pojkvän som engagerar sig och söker fakta om graviditeter på internet! utbrast Lisa och skrattade.

-Det är klart man gör, för jag är ju i högsta grad delaktig, sade Scotten lite förläget.

-Jag vet inte om det stod där du läste, men en sak som jag känt av alltmer är att benen blir liksom vätskefyllda och det blir tröttsamt att stå eller gå för långa pass. Med risk för att verka tråkig, så skulle jag helst lägga upp mina fötter i soffan, förklarade Lisa.

-Gör gärna det, så sticker jag bort till Ludvig och snackar lite en stund, svarade han.

-Passar perfekt, för jag tror att jag behöver ta en tupplur efter allt idag. Imorgon ska jag tala om för chefen att vi väntar barn, så kanske hon kan sätta mig på arbetsuppgifter som innebär att jag kan sitta ner lite oftare. Annars är risken stor att jag får sjukskriva mig snart istället och det vinner ju ingen av oss på, berättade hon.

-Visst, det är bäst att du tar upp innan det blir värre. Tror du hon kan hålla tyst om att vi väntar tillökning, eller är det risk att det sprids nu? frågade Scotten.

-Faktum är, att på det viset vet jag att min chef är att lita på. Ber jag henne att inte berätta för någon, så håller hon på det. Du får hälsa till Ludvig och säga att jag hör av mig till Ebba endera kvällen, sade Lisa och pussade Scotten.

-Det ska jag göra. Låser du efter mig? undrade han medan han tog på sig sina skor.

-Ja, men se till att ta med dig nyckel så du kommer in sedan. Troligtvis sover jag när du kommer tillbaka, svarade Lisa samtidigt som hon gäspade.

-Självklart, då går jag, sade han och blinkade med ena ögat.

När han kom ner utanför porten slog det honom att det kanske vore bäst att ringa Ludvig innan han gick dit, ifall han var upptagen med något. Tyvärr såg han att mobiltelefonen var helt urladdad, så det fick bli en chansning istället. På vägen passerade han en snabbutik som skyltade om färska wienerbröd till bra pris. Det var ett erbjudande han inte kunde motstå, så fem minuter senare gick han därifrån en tjuga fattigare men med fyra väldoftande wienerbröd som även var garnerade med smält choklad ovanpå.

- Är inte Ludvig hemma så missar han något riktigt smaskigt, sade Scotten tyst för sig själv. För då tar jag hem dem och sedan delar jag och Lisa på dem, tänkte han vidare.

-Perfekt, du bjuder på bullfika! utbrast Ludvig innan Scotten hann ringa på.

-Jaså, såg du när jag kom? Jovisst, jag köpte med lite till kaffet du får bjuda på, sade Scotten.

-Klart jag fixar kaffe, det är bara ett litet problem men det har jag löst. Grejen är den att jag upptäckte i morse att kaffefiltren var slut. I nödens läge tog jag en tubsocka och drog på lite extra kaffepulver. Det blev faktiskt ganska skapligt, vi får se vad du tycker, svarade Ludvig och styrde stegen mot köket.

-Jaha, det ska bli spännande, svarade Scotten. Inom sig hoppades han att det åtminstone var nytvättade strumpor som användes, men han kom sig inte för att fråga.

-Skönt att du kom hit och förgyllde dagen och dessutom hade med dig godsaker! Det kan jag verkligen behöva efter en riktig skitdag, förklarade Ludvig.

-Jaså, har du haft problem med något? undrade Scotten.

-Det kan man lugnt säga. Risken är överhängande att firman jag jobbar på, går miste om cirka åttiotusen kronor om inte något oförutsett inträffar, berättade Ludvig samtidigt som han suckade uppgivet.

-Fy tusan, vad är det som har hänt då? frågade Scotten.

-Jag installerade ett dyrt larm på ett företag med sensorer och kameror av senaste modell. När jag var färdig där idag och kom hem, fick jag se att företaget gått i konkurs och på grund av det ställs alla deras betalningar in. Därmed har jag precis gett bort allt! Det känns för jäkligt kan jag säga dig, fortsatte Ludvig.

-Finns det inga försäkringar som täcker sådant här, för dig? Jag menar att du kunde ju inte veta att de tänkte lägga ner precis lagom när du var klar, spekulerade Scotten.

-Jag vet faktiskt inte om det finns något försäkringsbolag som har något som skyddar mot detta. Hur som helst så är det inget som jag har garderat mig mot, förklarade Ludvig.

-Men det innebär kanske att din firma också går omkull och kan inte du betala larmet till din leverantör så drabbas ju de med, fortsatte Scotten medan hans panna rynkades.

-Så är det i företagsvärlden. Först blev jag så fruktansvärt förbannad när jag fick veta det, att jag ville åka dit en natt och plocka ner allt för dem. Enligt min uppfattning så är det mina grejer så länge jag inte fått betalt för dem. Dock är jag inte så säker på att rättsväsendet anser samma sak, sade Ludvig med ett ansträngt leende.

Scotten svarade inte, utan funderade bara för sig själv. Det enda som störde hans tänkande, var en kaffebrygg som högljutt verkade protestera mot en lång tids misskötsel. Efter all hjälp han fått av Ludvig, var han beredd att ställa upp på det mesta.

- - - - -

-Satfläsk vilket jäkla håll jag fått, det får bli en paus igen känner jag, sade Leila och pustade.

-Har du för ont eller orkar du gå sista biten tror du? undrade Petter.

-Nu ser man ju vårt köksfönster härifrån så det kan väl högst röra sig om två hundra meter hem, så det måste jag väl klara. Taxichauffören skulle förmodligen få utföra historiens kortaste körning om vi ringer dem nu och det vill jag inte vara med om, förklarade Leila medan hon böjde sig framåt och satte sina händer på knäna.

-Du är så sexig när du står så där, vet du om det? frågade han och skrattade lite.

-Hur tusan kan du tänka på sådant nu, för jag antar att du är lika mätt som jag, eller? undrade Leila.

-Jag bara säger vad jag tycker. Helst vill jag fylla badkaret när vi kommer hem och sedan krypa i där tillsammans med dig, fortsatte Petter.

-Då får allt mitt håll ge sig om vi ska hålla på med sådana övningar, svarade Leila och log.

-Knyt handen runt något, så ska du se att det blir bättre. Du kan prova den här, sade Petter och plockade upp en sten stor som en golfboll och gav henne.

-Ha, på mig har det där aldrig fungerat, så hoppas inte för mycket, sade hon.

-För att det ska verka måste du tro på det själv också, fortsatte han och garvade.

-Okej jag ska försöka tänka positivt och räkna med att den här lilla stenen hjälper, svarade Leila och såg fram emot en skön stund med Petter. Som genom ett under kände Leila hur kramperna nästan omedelbart avtog och när de började gå igen var det nästan som vanligt igen.

-Jag tror det är läge för lite vitt vin medan badkaret fylls, ska jag hälla upp ett glas till dig med? frågade han när de kommit innanför ytterdörren.

-Ja, det kan du göra. Den halva litern starköl gjorde mig lite dåsig, så det kan behövas något uppiggande, svarade hon medan kläderna åkte av.

- - - - -

Kaffet hade någon misstänkt bismak, tänkte Scotten när han försiktigt smuttade på den heta drycken. Det var dock inte värre än att det gick att hälla i sig och för att dölja upplevelsen ännu mer, tog han ett bett i sitt wienerbröd emellanåt.

-Jag känner dig väl, förmodligen har du redan utarbetat någon plan för att kunna genomföra dina idèer. Behöver du min hjälp? frågade han efter en stunds funderande.

-För mig är det inga större svårigheter att kunna hämta grejerna i och med att det är jag själv som har installerat larmet. Det som dock inte får inträffa när jag gör det, är förstås att någon kommer på mig. Så visst skulle jag ha betydligt större möjligheter att lyckas om du var med, svarade Ludvig.

-Klart att jag gärna vill vara till hands, det enda som oroar mig är väl att du faktiskt sökt in till polisen nyligen. Uppdagas det att du gjort inbrott kan det säkert bädda för problem, sade Scotten samtidigt som pannan rynkades på honom.

-Jag kan säkert hitta på en bra bortförklaring, typ att jag kommit på en lucka i systemet som var tvunget att åtgärdas direkt, fortsatte Ludvig och försökte låta övertygande.

-Okej jag anar att du redan bestämt dig. När har du för avsikt att det ska ske? frågade Scotten med så lugn röst som han förmådde. Inom sig kände han oron stegras, inte minst för att det här i högsta grad var fullständigt olagligt. Att Lisa skulle be honom dra om han åkte fast, rådde det ingen tvekan om. Det som gjorde det hela ännu mer vansinnigt var ju dessutom att de snart skulle få barn tillsammans.

-Inom några dagar och jag vet att du inte kräver att få betalt för tjänsten du gör åt mig. Men du kan räkna med att få tjugotusen om du ställer upp för det är helt rimligt, sade Ludvig.

-Så mycket pengar! Som du säger så gör jag det här gratis bara för att det är du men visst skulle det samtidigt vara otroligt passande med ett tillskott, det kan jag inte förneka, förklarade Scotten. Med ett leende konstaterade han att inom bara några dagar borde han utan vidare kunna köpa drömbilen! Det perfekta med att hjälpa sin kompis i det här läget, var ju dessutom att det inte var ett lån som behövde betalas tillbaka. Att summan var exakt den han behövde, var en smula märkligt men inget han ville ta upp för tillfället, tänkte han vidare.

-Jag vet att företaget är anslutet till ett vaktbolag som undersöker om allt är som det ska nattetid. De har inga större befogenheter att gripa oss, men de kan givetvis tillkalla polis och då är det definitivt kört för oss.

-Vet du om det är flera vaktpatruller som åker runt i omnejd nattetid, eller är det bara en? frågade Scotten medan han satte ifrån sig den urdruckna koppen.

-Mig veterligt sköts bevakningen, om det inte är helg, av

två grupper, annars är det tre. Min tanke är att du ska slå ut dem precis innan jag går in och hämtar grejerna, förklarade Ludvig och blinkade med ena ögat.

-Jaha, det låter som en angenäm uppgift för mig. Jag mot fyra utbildade vakter låter som ett väldigt lockande uppdrag, svarade Scotten med tvivlande röst.

-De har inga skjutvapen, eller rättare sagt så vet jag att de i vart fall inte får ha det. Däremot anar jag att de har batonger och handfängsel! Skämt åsido, så går min plan ut på att allt är hyggligt säkert för dig och det skulle förvåna mig om någonting går snett, förklarade Ludvig medan han hällde upp mer av kaffet med den annorlunda smaken.

- - - - -

Långt borta hörde Lisa att hennes mobil började vibrera för att någon ringde. Ringsignalen hade hon omtänksamt nog stängt av för att inte bli väckt i onödan, men det var tydligen inte tillräckligt. Först tänkte Lisa försöka somna om igen, för hon var allt annat än pigg. En stund senare när hon lagom slumrat till igen, återkom dock ljudet från hennes mobiltelefon och då anade hon att det var något viktigt och gick med släpande steg upp för att svara. Benen kändes som om de fortfarande sov, så Lisa fick gå försiktigt för att vara säker på att inte ramla. Till slut kom hon fram och såg på skärmen att det var Ebba, Scottens tvillingsyster som ringt. Precis när hon skulle höra av sig till Ebba, ringde hon upp för tredje gången. Trots ansträngning lät Lisa slö när hon svarade.

-Jösses vad du låter trött! Du skulle nog verkligen behöva några timmars sömn. Jag ville inget särskilt men du kan väl slå en signal imorgon när du känner dig utvilad, förselog Ebba.

-Visst det går fint, det kan jag göra. Jag hör av mig sedan då, svarade Lisa och avslutade samtalet.

På väg tillbaka till sängen hörde hon Knasen jama ute i köket, förmodligen för att han inte fått mat på ett par timmar och därför ville ha påfyllning. Några minuter senare var matskålen fylld och Knasen vräkte ivrigt i sig som om han inte fått något att äta på flera dagar. En blick på köksklockan visade att den var över åtta på kvällen, så hon pressade sig själv att borsta tänderna och gå och lägga sig för natten, för att orka med nästa arbetsdag.

När hon krupit ner mellan de sköna lakanen ocl låtit huvudet sjunka ner i sin dunkudde, hörde hon Scottens nyckelknippa skramla mot ytterdörren.

-Att det ska vara så förbaskat svårt att få vila i fred, sade hon förtretat tyst för sig själv.

-Hej älskling! Jag har med ett wienerbröd till dig! vill du ha något att dricka till? frågade han och tände taklampan i sovrummet.

-Nej tack, det får du gärna äta upp själv. Jag har precis borstat tänderna och lagt mig för natten, svarade Lisa medan hon höll upp en hand för att slippa få det skarpa ljuset i ögonen.

-Ett så gott bakverk får inte förfaras, så då tar jag det tillsammans med en öl. Jag kan nog sitta i sängen och käka, det känns som om vi knappt hinner prata med varandra längre. Det är väldigt mycket tid som går till att sova, jobba eller en massa andra måsten. Sedan är det inte speciellt lätt att hinna eller orka med något annat, förklarade han.

-Nej, det har du givetvis rätt i, det är bara det att jag blir extra trött nu i samband med graviditeten. Jag försöker verkligen anstränga mig för att hänga med som tidigare, men kroppen säger stopp, svarade hon.

-Jag tror att jag förstår vad du menar och jag gör det mesta för att sätta mig in i din situation. Kan vi göra som så då, att du ligger och lyssnar när jag snackar och käkar, så får du säga vart efter vad du anser? frågade Scotten medan han öppnade den lätt omskakade ölen, som därmed pyste ut mellan deras kuddar.

-Visst, det kan vi säga. Du får förlåta mig om jag trots allt somnar snart för jag känner det, sade Lisa och gäspade.

-Det är okej, svarade han innan han tog ett stort bett i wienerbrödet, som tyvärr vid det här laget blivit fruktansvärt smuligt.

-Vad var det som du ville berätta? undrade hon medan hon blinkade långsamt.

-Fasen vad jag grisar ner! Nu är det en jädra massa smulor här och dessutom har visst ölburken vält så att det mesta runnit ut! Skit på riktigt! Jag ska bara gå och borsta tänderna så kommer jag och snackar sedan, fortsatte Scotten och gick till badrummet.

När han kom tillbaka snarkade Lisa som en lodis. Plötsligt hoppade Knasen upp i sängen och smakade på smulorna. Det var tydligen dock inget han gillade, för istället för att äta upp dem parkerade han på kudden som det var minst öl på. Med en suck kröp Scotten till sängs. Grejen att han var i stort sett rakad i nacken, gjorde att han tydligt kände hur blöt hans kudde var. Han visste att öl på något sett medförde att håret växte extra mycket, men var osäker på om det då måste drickas eller om det fungerade så här med.

Tankarna blandades innan han somnade. Dels var det allt som skulle gå i lås för att kunna finansiera bilen och det andra var om han skulle vakna upp och se ut som en långhårig babian efter en natt i en säng full med öl.

- - - - -

När klockradion gick igång undrade Leila om det verkligen var dags att stiga upp. Varför hon tvivlade berodde dels på att det var mörkt som mitt i natten ute och att det kändes som hon nyss gått och lagt sig. Visst hade det varit en underbar kväll tillsammans med Petter, så pass att de inte somnat förrän runt midnatt, men ändå. För att kontrollera att tiden stämde, tog hon fram sin mobiltelefon och såg att det dessvärre var hög tid att lämna sängvärmen och sparka igång en ny dag. Bland det bästa Leila visste, var att ta en härligt varm dusch för att vakna. Under tiden hon gjorde det, kom hon på att det faktiskt var mitten på november och därmed var det ju fullt naturligt att det var kolsvart ute. När Leila kom ut från badrummet möttes hon av Petter som ville komma in.

-Morrn älskling, sade Leila och gav honom en kyss på munnen.

-Godmorgon sötnos! Har du gjort dig fin nu så att korten blir bra i tidningen? frågade han.

-Visst ja, det var det där eländet med! Det hade jag totalt glömt bort, svarade hon och tänkte att nu var hela den här dagen förstörd.

-Det är väl inga problem. Om du vill kan jag faktiskt ta en bild från förra reportaget om dig, då du sprängde ligan med bankrånare, föreslog Petter.

-Ja, det kan ju vara ett alternativ. Du får gärna ta ett när jag tittar bort eller en bild där jag inte syns så tydligt, för som du vet vid det här laget, så hatar jag att vara med på bild. Förresten, när jag tänker på det, så har jag aldrig sagt att jag går med på det här reportaget där det ska stå att jag blivit kommissarie! Jag kan faktiskt backa ut ur alltihop, sade hon och skrattade.

-Jaså, säger du det? Då får jag väl försöka övertyga dig om att du ska ändra dig, sade Petter och drog av henne badlakanet.

- - - - -

Kapitel 4

Halvnio hade Lisa bytt lakan och gjort sig färdig för att gå till klädbutiken där hon jobbade. Precis när hon fått på sig sina skor, hörde hon Knasens jämmerliga jamande som otvetydigt betydde att han var utsvulten igen.

-Fy tusan, du luktar ju också öl! så ikväll åker du in i duschen om du så vill eller inte, utbrast Lisa när hon skulle pussa honom, efter att ha fyllt på matskålen.

Utanför porten lite senare ringde hon upp Ebba, för hon anade att det inte var någon föreläsning så här dags. Nästan direkt hörde hon att Ebba svarade men att hon lät andfådd.

-Är du ute och springer eller vad sysslar du med? undrade Lisa.

-Ja nästan, jag går raskt. Du vet, sitta still och plugga hela dagarna är ju inte speciellt hälsosamt, så jag försöker röra på mig några gånger i veckan i alla fall, svarade Ebba.

-Det låter hurtigt och visst har du rätt. Inte bara för att det är bra att röra på sig, utan även för att komma ut och andas in den här lite kyliga luften. Där jag går nu doftar det så härligt av alla höstlöv samtidigt som en aning havslukt drar in från Östersjön. Kanske inte låter som något fräscht precis, men jag riktigt längtar att få komma ut och andas in det här! sade Lisa lyriskt.

-Jag förstår vad du menar, för det är faktiskt något liknande här. Visserligen är jag inte precis intill havet, men vinden blåser från det hållet, svarade Ebba.

-Är det skapligt väder till helgen kanske vi kan sticka ut någonstans vid havet och vandra, föreslog Ebba.

-Visst, det skulle vara kul. Det enda är att jag tror att det är min tur att jobba på lördag, i så fall slutar jag inte förrän tre på eftermiddagen, sade Lisa.

-Vi får väl se på söndagen då, visserligen ska jag tillbaka till Norrköping på kvällen, men innan dess kanske det funkar, svarade Ebba.

-Det låter bra, nu är jag snart framme vid jobbet men vi kan höras av lite närmare, sade Lisa.

-Jag är faktiskt snart hemma med, så vi gör som du säger, svarade Ebba innan de avslutade samtalet.

Efter att ha kommit in, duschat och klätt på sig, satte sig Ebba och pluggade ett par timmar innan det var dags för ett grupparbete.

- - - - -

Ludvig kände hur desperationen kom när han såg posten som kommit i brevlådan. Där låg en faktura från företaget som levererat larmet han monterat. Från tidigare räkningar han fått ifrån dem, visste han att betalningen skulle göras inom tio dagar, vilket som det såg ut nu, var en helt omöjlig uppgift att klara. Med en brevkniv sprättade han upp kuvertet och fick sina farhågor besannade. Åttiosextusen kronor skulle vara insatta på deras konto senast den tjugofemte november! Lyckades han ta tillbaka all utrustning från företaget som gått i konkurs, visste han inte säkert om han fick lämna tillbaka det till leverantören eller om han var tvungen att sälja det vidare. För att få klarhet i det, gällde det att kontakta de som skickat fakturan men det var inget som riktigt lockade, mest för att svaret kändes så viktigt och ovisst. Det fanns massor med reparationer han egentligen behövde sätta igång med, men det var inget han fick ro till. Tankarna gled ideligen iväg på hur han skulle kunna stjäla tillbaka larmet han installerat, utan att någon misstänkte att det var han. För att få fart på planläggningen beslöt sig Ludvig för att skicka ett sms till Scotten och fråga om han kunde komma till TV-firman efter att han slutat arbeta. Eftersom det var lunchdags redan så Scotten kunde svara, kom det direkt en glad smilie från honom, att det var okej.

För att få något vettigt gjort resten av arbetsdagen, bestämde sig Ludvig för att ta tjugo minuter direkt till att grovt planera hur stölden skulle gå till. Därefter var han tvungen att sköta reparationerna som han åtagit sig att göra. Det var nu tisdag och han insåg att ju snabbare han kunde få tillbaka grejerna han monterat, desto bättre vore det. Om inget oförutsett dök upp, tänkte han genomföra sin plan redan onsdag natt. Risken fanns givetvis att andra tjuvar tänkte genomsöka lokalerna snart, och de som var hyggligt insatta i installationen kunde säkert plocka med larmet också. Det var även det ett skäl som vägde tungt för att påskynda operationen. Ludvig hade trettio sekunder på sig från det att ytterdörren brutits upp, tills larmet gick till en larmcentral. På den halvminuten gällde det att skruva bort en skyddslucka och lossa fyra kontakter. Normalt sett skulle det inte vara några problem att fixa det men allting kan ju strula om det vill sig illa, tänkte han vidare. Om han lyckades ordna allt innan larmet utlöste, var inget som han direkt skulle få ett kvitto på, för det hela var ett så kallat tyst larm. Att Scotten dessutom kunde slå ut väktarna var även det av stor vikt.

När det bara var fem minuter kvar av tiden som Ludvig avsatt, beslöt han sig för att försöka ringa leverantören och säga att hans köpare dragit sig ur. Eftersom de inte behagade att svara, beslöt han sig för att skicka ett mail med sin frågeställning. Efter en snabb genomgång av sina tankar, kom Ludvig på att det skulle underlätta om han hade med sig en ryggsäck för att kunna lägga ner larmet i. När det var gjort hörde han ett mail komma och det var från leverantören. Det skulle inte vara några problem för Ludvig att återsända grejerna i felfritt skick, det enda han skulle få stå för, var frakten.

Med en suck av lättnad tog han sig an arbetsuppgifterna som han var ålagd att göra. Allt flöt på bra och när Scotten kom vid halvfemtiden var det mesta reparerat och klart.

-Tjena, har du en ryggsäck som jag kan låna imorgon? Det skulle vara en fördel, för då kan jag ha båda händerna fria till annat, förklarade Ludvig med en undrande blick.

-Jag tror faktiskt inte att vi äger någon ryggsäck, men en tanke som slog mig, är väl att sticka iväg och köpa en på loppis. Visst är det möjligt att Lisa har en, men det är väl bara bäddat för en massa frågor vad vi ska ha den till då, så jag tror vi hoppar över det, svarade Scotten.

-Det var en lysande idè, vi kan sticka och kolla om de har någon där med en gång, för jag vill att vi genomför det hela natten mellan onsdag och torsdag, fortsatte Ludvig.

-Ojdå, redan så snabbt! Då gäller det för mig att hitta

på en bra ursäkt till varför inte jag är hemma den natten. Annars lär säkert Lisa efterlysa mig, svarade Scotten som inom sig kände en fruktansvärd oro för hur det här kunde utveckla sig. Lisa var den han absolut ville leva sitt liv med men på samma gång var han skyldig Ludvig en gentjänst för allt han fått hjälp med den senaste tiden. Scotten ville inte på något sätt äventyra sitt förhållande med Lisa, som han visste skulle gå i taket om det uppdagades att han var inblandad i något grovt kriminellt. Det var verkligen ett svårt dilemma han hamnat i, men till slut kom han fram till att det gällde att se till att fullfölja Ludvigs plan. Det gällde med andra ord att se till att brottet blev perfekt och fulländat utfört.

-Vi får göra som för ett tag sedan, nämligen säga att vi ska spela biljard för att jag kräver revansch, föreslog Ludvig och skrattade.

-Det är ju faktiskt ett genialt förslag du kommer med, dessutom kan vi ju sticka till spelhallen ett par timmar efter stöten. Jag tycker nämligen inte om att ljuga för Lisa, det skulle vara så fruktansvärt skämsigt om hon kom på det, förklarade Scotten.

-Ja, det borde säkert gå bra att göra så, för de har öppet till klockan tre på morgonen, svarade Ludvig.

-Jag förstod vad du tänkte använda ryggsäcken till, men vad vill du att jag ska hjälpa till med? undrade Scotten.

-Först hade jag tänkt att du skulle sabotera de båda vakt-patrullernas fordon, så att de inte kunde åka till företaget där jag är och hämtar larmet. Den idèn har jag släppt, för den är för osäker, förklarade Ludvig.

-Jaha, varför skulle det inte gå att lösa det på det sättet då? frågade Scotten.

-Om du exempelvis släpper ut luften ur ett däck eller stoppar in en potatis i avgasröret, så är det saker som de snabbt kan avhjälpa om de inte är helt handfallna. Istället tror jag det är bättre att ringa från en kontantkortstelefon och tipsa dem om att det kanske pågår inbrott i andra delen av Nyköping. Det kan räcka med att de blir upplysta om att några ungdomar uppehåller sig där eller att man hört en glasruta krossas. Det får inte vara för drastiskt för då skickar de dit polisen. Jag kommer behöva dig först och främst för att slå sönder en dörr så att jag kommer in och sedan vill jag att du är utanför och avleder folks uppmärksamhet om det nu dyker upp någon, fortsatte Ludvig.

-En dörr fixar jag nog med rätt verktyg, men hur vill du att jag ska få nyfikna att försvinna? undrade Scotten.

-Jag tänkte att vi tar min bil dit och som du känner till är det hyggligt bra ljudanläggning i den nu, sedan jag satt i en rejäl baslåda i bagageutrymmet bland annat. Om du vräker på musik om någon närmar sig, så försvinner de säkert. Undrar de varför du spelar så förbannat högt, får du väl säga att du testar grejerna där du vet att det knappast stör någon. På det viset blir jag också varnad, för jag lär nog höra musiken in till mig med, svarade Ludvig.

-Ja, det låter förträffligt genomtänkt. Du vill inte att vi ska använda kommunikationsradior den här gången liksom tidigare? frågade Scotten medan de bara hade några steg kvar till loppisen.

-Visst har vi använt sådana förr, men risken finns alltid att de avlyssnas. Även om vi använder oss av kodord när vi snackar i dem, kan det nog i efterhand kopplas samman med oss om vi blir ertappade, sade Ludvig.

-Har du verktyg till mig så att jag kan bryta upp dörren eller ordnar jag det själv? frågade Scotten vidare.

-Jag lägger med arbetshandskar och två bräckjärn i olika storlekar. Dessutom tar jag med ett par rånarluvor och skoskydd så vi inte lämnar några tydliga avtryck. En sak du kanske kan fixa, är väl ett par andra registreringsskyltar till bilen för att eliminera risken för att vi kan bindas till inbrottet, svarade Ludvig samtidigt som han tittade på en ryggsäck som verkade uppfylla hans krav.

-Andra plåtar kan jag ordna i morgon bitti, för jag cyklar förbi en långtidsparkering där det förhoppningsvis inte är någon som märker på några dagar om jag tar ett par skyltar, svarade Scotten med ett leende.

-Bra, då räknar jag med att du löser det. Kommer du till TV-firman runt tjugo i morgon kväll så kan du lämna din mobiltelefon där då, så vi inte har på oss någon sådan som kan spåras. Jag tar bara med den med kontantkort för att lura bort väktarna så långt som möjligt. På ett par timmar borde allt vara ordnat, så sedan ska jag ha revansch i biljard! sade Ludvig och garvade.

-Risken att du ska vinna ser jag som obefintlig! Det enda jag kom på som vi kan göra annorlunda mot sist när vi spelade, kan väl vara att vi dricker alkoholfri öl, i och med att vi inte är lediga dagen efter utan måste jobba, föreslog Scotten.

-Det låter klokt, så det kör vi på, svarade Ludvig medan han betalade femtio kronor för den väl använda men fullt funktionella ryggsäcken.

-Som du säkert förstår vill jag inte tjata om pengar för att jag ställer upp och gör det här, men står du fast vid att jag kan få tjugo tusen för detta? undrade Scotten när de kommit ut på trottoaren.

-Klart att det blir som jag sagt. Stålarna kan du få redan imorgon när vi kommer tillbaka till TV-firman innan biljarden. Jag har reparerat en del som folk trott varit skrot och sedan sålt det privat på blocket. Tack vare det rinner det in en del kontanter som inte så att säga går in i företaget, förklarade Ludvig.

-Lysande, för då kan jag säga till min arbetskamrat att jag kan köpa volvon av honom, sade Scotten och sken upp.

-Kul att du hittat en bil som du vill ha. Det är ju alltid säkrare att köpa något rejält som inte går sönder hela tiden, men för det krävs ju att man har en fast inkomst som rullar in vartefter. Jag hörde på ryktesväg att Allsvets AB sökte tre nya medarbetare, så då måste väl företaget du jobbar på gå ganska bra, sade Ludvig.

-Tja, det går nog hyggligt för det finns hela tiden att göra. Men faktum är att två precis slutat, så det är inte någon sensation på gång vad jag vet. Du skickade ju in en ansökan till polisskolan, har du inte fått något svar på om du har kommit in än? undrade Scotten.

-Nej, det kunde visst dröja ett tag till, fick jag ett mail om häromdagen. Det lustiga är att jag börjat vela, om jag verkligen ska börja utbildningen om jag kommer in. För det första så är det möjligt att jag vinner ett anbudsförfarande som kan ge grymt bra betalt om allt går vägen. Sedan är det den senaste tidens händelser där en del av min syster Leilas arbetskamrater råkat illa ut på olika sätt. Hon har ju varit polis i några år nu, men bara på den korta tiden så har tydligen arbetsklimatet försämrats radikalt. Det är allt från stenkastning till hot av deras nära anhöriga dagligen, så man kan undra om det är värt det, förklarade Ludvig.

-Det är klart att du måste känna dig säker på att du vill bli polis innan du tackar ja, för annars finns ju risken att du ångrar dig senare. Inom vilket område är det som du krigar med anbud? undrade Scotten.

-Det är utprovning och montering av solceller. Folk är precis tokiga med att smeta upp sådana nu, för de tror att de ska rädda hela världens klimat på det viset. De flesta vill absolut inte framstå som miljöbovar och satsa på något som inte ligger riktigt i tiden, fortsatte Ludvig.

-Menar du att inte solceller är det mest ultimata sättet att framställa el på då? frågade Scotten.

-Tanken är lysande, men vad knappt ingen tänker på, är hur smutsig framställningen av solceller är. Hittills har jag inte fått en fråga om var grejerna tillverkas, utan alla vill bara ha ut mesta möjliga effekt till lägsta pris. Går man efter de två kriterierna så försvinner nästan all miljövinst direkt, sade Ludvig och pustade.

-Det verkar som att det är ett ganska komplext problem inom det området med. Ju mer man sätter sig in i en sak, desto tydligare framstår det att det kanske inte finns någon solklar lösning på frågan, spekulerade Scotten.

-Hehe, "solklar lösning"! Du är ju så vitsig att du borde ge ut en diktsamling! svarade Ludvig och garvade.

-Passa dig så att du inte får en fet smäll! Då kanske du inte ser solen resten av veckan, sade Scotten surt.

- - - - -

Kapitel 5

Leila drog en lättnadens suck när hon såg att hon med några sekunders marginal lyckats undvika att komma för sent till sitt arbete. Det här var situationer hon riktigt hatade, just att sakna marginaler, men ibland bara blev det så här av olika anledningar. Plötsligt blev hon rädd att det på något sätt syntes på henne varför hon varit nära att komma för sent. Om det berott på en punktering på cykeln eller något liknande så hade det inte varit några problem att ge det som en förklaring. Men som det var vid just det här tilfället, att hon älskat med Petter precis innan hon for iväg till jobbet, var helt klart över gränsen för vad hon någonsin skulle kunna redogöra för. Av tankarna på kärleksakten nyligen, kände Leila hur hennes kinder rosades och hon hoppades innerligt att ingen skulle fråga varför hon såg ut som hon gjorde.

-Godmorgon Leila! Hade det inte varit för att vi redan är inne i november, kunde man lätt antagit att du bränt ansiktet i solen, sade hennes chef när han såg henne.

-Möjligt att jag har lite extra färg på kinderna, men det beror nog på att jag cyklade lite extra fort hit idag för att få upp flåset, förklarade Leila generat.

-Jaha, i så fall får du nog se till att bättra på konditionen ännu mer eller starta hemifrån tidigare, för det var exakt på sekunden du kom hit. Hur som helst så ska vi åka direkt till en skola där det enligt uppgift säljs knark billigt till eleverna, sade Jesper och reste sig från sin stol.

-Jag ska bara ställa in min matlåda så kommer jag, svarade hon och rusade till lunchrummet.

-Jag går ut till bilen så länge, sade hennes chef medan han tog fram en bilnyckel ur ett skåp.

-Vet du vad som har hänt med Linn? Hon satt inne i lunchrummet med en blåtira vid ena ögat och såg alldeles förstörd ut. Jag förstod att hon inte ville att jag skulle fråga henne, för hon vände sig bort när jag kom in, förklarade Leila undrande.

-Hon sade att hon fått en armbåge i ögat, av en som hon anade var i färd med att stjäla en cykel när hon var på väg till polisstationen nu på morgonen, berättade Jesper.

-Vilken jäkla otur, det såg ut att ha tagit rätt så illa, sade Leila.

-Ja, det är ingen överdrift. Jag tyckte att hon skulle uppsöka en läkare men hon avfärdade det med en gång. Det som förbryllar mig lite är att det redan var så blått kring hennes öga, fortsatte Jesper fundersamt.

-Visserligen reagerade jag också på det, men det beror säkert på hur ytliga blodkärl man har, vill jag minnas att jag läst någonstans. Jag förmodar att hon inte lyckades gripa förövaren, men har vi något signalement att gå efter? frågade Leila.

-Det hon hann se av cykeltjuven var i stort sett ingenting. Han var visst framåtböjd över låset hela tiden och hade dessutom en grå luvtröja på sig, det är det enda, fortsatte hennes chef att berätta när de satt sig i bilen.

-Antagligen kommer det väl in en anmälan om att en cykel stulits av någon stackare snart. Det är väl knappast troligt, men med lite tur kanske personen sett tillgreppet och vet vem förövaren är, sade Leila.

-Som du säger är det ganska osannolikt, men ibland

lyckas vi ju faktiskt få fatt i gärningsmän på det sättet. Det sorgligaste i den här tråkiga historien är helt klart ändå att Linn blivit misshandlad, bara för att hon fullgjorde sin plikt och ingrep, svarade Jesper.

-Absolut har du rätt i det. Hur lägger vi upp besöket på skolan nu? frågade Leila när de kom in på gatan där den låg.

-Vi får dela på oss och fråga så många som möjligt, både bland lärare och elever. Detta måste ske på ett så diskret sätt som vi kan, så att de som berättar något för oss inte råkar ut för någon slags vedergällning, förklarade Jesper.

-Den här skolan har tydligen stora problem med att många lärare säger upp sig berättade min pojkvän, det kommer förresten stå i tidningen idag, förklarade hon.

-Det förvånar mig inte alls, ryktet har nått mig för länge sedan att det är på det viset. Men även om man vet att det inte fungerar här, så är det aldrig lätt att veta vilka åtgärder som bör sättas in, svarade hennes chef medan han parkerade.

-Nej, det har du nog fullständigt rätt i. Förmodligen är det så inom väldigt många områden, just att man ser att allting inte är riktigt bra och då ändrar man på saker och ting utan att ha en aning om hur följderna blir. Tanken är säkert god, men konsekvenserna kan bli förödande om man sätter in fel åtgärder. Vill du att jag snackar med någon först, eller ska vi lösa det vartefter? undrade hon.

-Vi har fått in inte mindre än fem anmälningar, dels från två lärare, men sedan är det faktiskt tre elever som verkar ha gjort det, oberoende av varandra. Dessa tre har fått tid hos Linn för samtal på polisstationen för att inte deras kompisar ska se att vi snackar med dem här. Som du säger så tror jag att vi får ta det ganska avslappnat med både lärare och elever, för att få dem att öppna upp om vad de vet om drogmissbruket inom skolan. Om vi förklarar att vi står på deras sida och att alla former av knark måste försvinna från skolområdet för deras bästa, kanske vi kan komma en bit på väg. Jag har även tillsammans med rektorn sett till att det anordnas en temadag redan nästa vecka, då en före detta drogmissbrukare kommer till skolan och berättar om sitt tidigare liv, förklarade hennes chef.

-Har vi fått det säkert bekräftat att det verkligen finns knark på den här skolan? jag menar, ibland sprids ju rykten som är falska, undrade Leila medan hon höll upp dörren till skolbyggnaden.

-Redan när första anmälningen kom in, skickade knarkspan hit en hund som direkt ska markera om det finns knark på området och tyvärr fann den spår på ett flertal ställen. Det var dock inte på platser som kunde knyta någon speciell person till det, utan i stolsben i uppehållsrum och på toaletter bakom handfaten. Hade man hittat grejerna i någons väska eller skåp, så kunde nog hela historien fått en ganska snabb lösning, men så var det inte, förklarade Jesper.

-När skulle Linn snacka med eleverna som skickat in anmälningarna? Jag antar att det inte blir förrän i eftermiddag när de slutat skolan, undrade Leila.

-Vad jag förstod hade två av dem sovmorgon och skulle träffa henne redan nu på förmiddagen och den tredje hade visst en lång håltimme då hon lovade att komma, svarade Jesper medan han pekade att Leila skulle gå till ett uppehållsrum, där det för tillfället befann sig cirka tio personer.

-Visst, jag kollar med dem här, när och var ses vi? frågade hon.

-Jag kan komma hit när jag inte får fram mer. Min tanke är att gå in i några klassrum under deras lektioner och höra vad de har att säga, svarade hennes chef innan han knackade på dörren till en lektionssal.

- - - - -

-När Scotten satt sig på cykeln för att åka hem, kom han plötsligt på att han lovat att ta ner tvätten före arton. Efter lite vinglande fick han fram sin mobiltelefon och såg att klockan var kvart i sex, så med lite högre tempo borde det gå att lösa. Egentligen var det väl ingen katastrof om han inte hann, men Scotten visste själv hur frustrerad han kunde bli om någon annan inte höll tiden för att plocka ner sin torra tvätt. Alla lägenheter i hyreshuset hade egen tvättmaskin, men med torkmöjligheter var det sämre ställt. Detta hade hyresvärden löst på så sätt, att var och en fick boka tid i ett torkrum på källarplanet om så önskades. Med ett par minuters marginal hade han fått med sig de rena lakanen upp till lägenheten och dukade snabbt fram lite kvällsmat till sig och Lisa, som borde komma från jobbet alldeles strax.

-Hej älskling, jag ser att du har klippt dig, vad snyggt det blev! utbrast Lisa när hon såg honom i köket.

-Ha, du brukar klaga på mig att jag inte ser när du fixat ditt hår, men jag passade faktiskt på att klippa mig redan igår, svarade Scotten och skrattade.

-Jaha, men då var jag så trött att jag inte såg det.

Fick du med tvätten upp förresten? frågade Lisa mest för att byta samtalsämne.

-Klart att jag fick, vad tror du om mig egentligen? Sådana viktiga saker glömmer jag aldrig, svarade han medan han rotade runt i kylskåpet för att se vad det fanns för något att välja på.

-Jag vet att det börjar bli ganska utplockat i kylen, men jag orkade helt enkelt inte gå och handla idag. Vi får skriva en lista sedan på vad som behövs och fixa det imorgon, föreslog hon.

-Det kan jag förstås ordna efter jobbet då, så slipper du gå och släpa med det. Lite senare efter att jag handlat, drar jag och Ludvig till biljardhallen, för han ville ha revansch, fortsatte han.

-Menar du att du ska gå bakfull en halv vecka igen som sist ni var iväg och spelade, tänk på att du kan bli av med jobbet om de kommer på dig! svarade Lisa syrligt.

-Du kan vara lugn, för vi har bestämt att vi bara ska dricka alkoholfri öl. Du rår ju inte för det, men det blir rätt så långsamt för mig när du slocknar lite efter halvåtta varje kväll. Så när Ludvig föreslog att vi skulle spela lite biljard igen, trodde jag inte att du skulle ha något emot det, fortsatte Scotten.

-Det är klart att ni ska gå, särskilt om ni håller er nyktra. Förlåt att jag reagerade med att bli sur, jag känner inte riktigt igen mig själv just nu, sade Lisa.

-Älskling, jag vet att det är så, men det gör inget. Är det något mer du behöver hjälp med? undrade Scotten och kramade om henne.

-Vi kan hjälpas åt med att vika lakanen sedan och vill du trolla ihop varsin matlåda med, så är det ju toppen! föreslog Lisa.

-Inga större problem, jag löser det. Vad jag kunde se nyss i kylskåpet så får det bli till att steka pannkakor till imorgon, om det duger? undrade Scotten.

-Det går bra för mig, se bara till att lägga med en liten burk sylt till oss var så att det smakar något, svarade Lisa.

-Jag tycker Knasen ser lite tovig ut i pälsen, tror du han mår riktigt bra? undrade Scotten när de satt sig för att äta lite youghurt och musli.

-Knasen måste duscha när vi vikt tvätt, för av någon anledning så är han tovig i pälsen och stinker Mariestad 6,9. Har du någon bra förklaring till varför han gör det? frågade Lisa med glimten i ögonen.

-Jag har inte den blekaste aning om vad det kan bero på. Ska vi ta en kopp kaffe innan vi viker tvätt? frågade han.

- Vi kan väl ta en kopp lite senare, först vill jag se om jag lyckas få in honom i duschen, sade Lisa och suckade.

-Tyvärr har jag inget ölschampo som du kan muta honom med, mumlade Scotten samtidigt som han tryckte in en halv skogaholmssmörgås i sin mun.

-Jag hörde allt vad du sade, men det är faktiskt inget att skämta om! Katter vill sköta sin hygien själva, fortsatte hon.

-Förlåt sötnos, det var bara ett surt försök att skoja. Nu tycker jag vi viker lite tid för att fixa lakanen, föreslog Scotten och ställde bort sin tallrik på diskbänken.

- - - - -

I ögonvrån såg hon Jesper komma gående långsamt mot soffan där hon satt och pratade med några ungdomar. Av samtalet hade framkommit att det var en ganska omfattande handel med olika droger som förekom på skolan. Eleverna hade inte sagt det rent ut, men Leila kunde ändå dra slutsatsen att det var vuxna och eventuellt även skolpersonal involverade. Tydligen skedde verksamheten med mycket hot och mutor mellan de som höll på med den, vilket gjorde att knappt någon vågade säga vad de visste, eller så var det bara antaganden de hade att komma med.

Lämpligt nog såg hon att Jesper drog sig ut från uppehållsrummet igen efter att hon nickat lite diskret till honom. Säkert anade hennes chef att han skulle störa samtalet om han anslöt till dem, så istället beslöt Jesper sig för att vänta ute i bilen, trodde Leila.

När eleverna rest sig och börjat gå därifrån för att de snart hade en lektion som började, såg Leila en ihopvikt lapp ligga kvar där ett par av dem suttit. Diskret hämtade hon den, för att sedan gå ut till Jesper.

-Det verkar finnas en hel del problem på skolan, eller vad fick du för intryck? frågade hennes chef när hon satt sig i bilen.

-Onekligen var det betydligt värre än jag befarade. "Jag tror att det finns lärare som är med och säljer droger" står det på ett papper som jag fick av dem därinne. Om det är sant, hur kan man sjunka så lågt att man sysslar med sådant? undrade hon.

-Tja, det vet vi ju att det mesta kan köpas för pengar eller med påtryckningar. Det kan även ske som utbyte av vissa tjänster, sade han medan han suckade tungt.

-Usch, så vidrigt! Snart ska de ta steget ut i vuxenlivet genom att bland annat inleda ett trevligt förhållande, få sitt första arbete och skaffa en bostad. Att då någon som ska vara en förebild för dem grusar deras framtid totalt är ju fruktansvärt, fortsatte Leila med glansiga ögon.

-Du har givetvis helt rätt på den punkten, men det är då som vi verkligen kan göra skillnad om vi lyckas sätta stopp för eländet. Förmodligen försöker andra då ta upp verksamheten på nytt, här eller någon annanstans, men då gäller det att vi återigen är på plats och styr upp det hela.

-Det är väl så vi måste se på det, men emellanåt infinner sig tanken hos mig att det är tämligen hopplöst. Det känns som att vi hela tiden är steget efter och att allt har eskalerat för mycket, innan vi ingriper. Vad fick du ut vid dina besök i lektionssalarna? frågade hon.

-Den idèn jag hade med att gå in på det viset, visade sig inte ge ett skit. Däremot på lärarrummet fick jag veta en hel del om vad som pågår. Precis som du anar, så verkar det vara anställda som distribuerar knarket, dessutom väldigt välorganiserat, berättade Jesper.

-Fick du några namn på dem som sysslar med det? undrade Leila.

-Nej, det var de försiktiga med. Jag tror vi får se till att hålla förhör med alla anställda på skolan, för att få veta det vi behöver. Pratar man enskilt med var och en, så är jag övertygad om att vi snart får fram sanningen, svarade hennes chef under tiden han parkerade utanför polisstationen.

-Det låter klokt. Nu är jag grymt fikasugen, svarade Leila och höll upp dörren till stationen.

- - - - -

Kapitel 6

Scotten fick göra allt för att koncentrera sig på sina arbetsuppgifter, för att kunna lösa dem på bästa sätt. Trots det kom tankarna ideligen upp på det han och Ludvig skulle göra lite senare. Det som oroade honom extra mycket, var att han inte kom på i stort sett något som behövde förberedas mer. Det enda hade varit att skruva loss ett par registreringsskyltar från en bil på långtidsparkeringen, men det var redan ordnat. Tack vare att han nästan alltid var först på jobbet, så även idag, hade han i lugn och ro även kunnat sno med sig en rulle dubbelhäftande tejp, att fästa skyltarna med på Ludvigs Saab. Nu låg den tillsammans med nummerplåtarna i en bag i hans skåp, så att ingen nyfiken skulle hitta grejerna och börja undra. Resten visste han att Ludvig skulle ordna, så därmed tvingade han sig själv att en gång för alla skjuta operationen åt sidan så länge han var kvar på jobbet.

Plötsligt kände Scotten att någon klappade honom på axeln, precis när han stängt av pelarborrmaskinen.

-Har du bestämt dig om du ska köpa min bil än? frågade hans arbetskamrat.

-Jag tar den om vi säger femtiotusen jämt och du skickar med sommardäck, svarade Scotten kyligt utan att vända sig mot honom.

-Ja okej då, det är visserligen inte vad jag hoppats få ut för den, men det är på samma gång skönt att det blir klart. Du har gjort en riktigt bra affär, är du medveten om det? undrade han.

-Den känns lyckad, du får pengarna imorgon så hinner jag ordna med försäkring tills dess. Tjugotusen kontant och resten via swish, går väl bra? frågade Scotten.

-Helst vill jag inte ha kontanter alls, men har du bara det så löser jag det, för de har ju en insättningsautomat i staden numer, fortsatte han.

-Bra, då säger vi det, svarade Scotten och tog ögonkontakt med honom. Med ett fast handslag spikades affären och allt var klart.

Inom sig jublade Scotten åt att han äntligen lyckats köpa en bra bil och det utan att behöva låna en enda krona.

Så fort det blev fikapaus, skickade han ett sms till Ludvig där han skrev att han inom ett dygn var ägare till en vit Volvo V 60!

Nästan direkt kom ett "Grattis!" tillbaka samt en tummen upp.

Resten av arbetsdagen flöt allting på som det skulle och Scotten fick mycket gjort. Hela tiden kände han dock en pirrande känsla i magtrakten som bara kunde bero på det han skulle hjälpa Ludvig med före midnatt. För att lindra det hela, intalade han sig själv att det egentligen inte var så mycket som kunde gå fel, utan allt borde gå klockrent, för det var så lätt och välplanerat.

Hundra meter från jobbet, när han var på väg till affären, hoppade cykelkedjan. Det var ordnat på några minuter, men Scotten såg det ändå som ett tecken på att det var precis i rätt tid som bilaffären blivit av. Med två fulla matkassar på styret bar det lite senare av hemåt och han ställdes nu inför ett val som han hade ungefär en halvtimme på sig för att lösa. Antingen skulle han berätta för Lisa redan när hon kom från sitt jobb i klädbutiken att han köpt en bil, eller kunde det bero till ett dygn framåt. Då kunde han helt enkelt hämta henne i den på jobbet när hon slutade. Efter lite velande fram och tillbaka beslöt han sig för att vänta till nästa dag, för faktum var ju att han inte ägde bilen ännu.

Innanför lägenhetsdörren möttes han av Knasens sura blick. Uppenbarligen var katten fortfarande förbannad, dels för att han fått sin päls indränkt i öl, men kanske mest för duschen efteråt.

-Hej älskling! ropade Lisa när hon kom hem, samtidigt som hon hörde Scotten svära ute i köket.

-Tjena gullet! Tror du inte att jag lyckades knäcka tre ägg när jag trampade hem från affären? Ska jag bara kasta dem, eller går det att göra något av dem? frågade han.

-Lägg dem på diskbänken så kan jag göra en sockerkaka sedan. Visserligen kunde du steka dem och lägga dem på smörgåsar sedan, men jag hatar stekos så det får du gärna låta bli, förklarade Lisa.

-Är det nyttigt för dig att äta sådant nu, jag menar, är det bra nu när du är gravid? frågade Scotten.

-Vad tusan, missunnar du mig att få i mig lite uppiggande nu när du vet att jag är trött nästan jämt? Du kanske tycker att jag är fet? fortsatte hon upprivet.

-Förlåt mig älskling, det är som om jag tänker med röven ibland för jag säger så klumpiga saker, svarade Scotten och gick fram för att krama henne.

-Visst verkar det som om du tänker med arselet när du säger sådana grejer. Jag tycker faktiskt att det var elakt av dig, fortsatte hon.

-Ge dig nu, jag har redan sagt att jag inte menade något illa med det jag sade. Tyvärr har det varit ganska rörigt allting idag, men går allt som planerat så har jag en glad överraskning färdig när du slutar arbeta imorgon, berättade Scotten.

-Kan du inte tala om vad det är för något nu, så jag slipper vänta? undrade hon och lade sitt huvud lite på sned.

-Nej, det förstår du väl att jag inte kan, för då är det ju ingen överraskning. Du får försöka vänta tills imorgon, så får du se. Jag tror att det kunde passa perfekt om du istället gjorde en tårta av äggen för att fira en sak, föreslog Scotten hemlighetsfullt.

-Vad spännande! Har du köpt en resa eller fina smycken till mig? frågade Lisa och sken upp.

-Sakta i backarna, just nu ångrar jag att jag nämnde något när jag hör vilka höga förväntningar du har. Jag kan säga så mycket att det är något till oss båda och som vi förhoppningsvis kan ha mycket glädje av, fortsatte Scotten.

-Nu tror jag mig veta vad det är! Har du vunnit en massa pengar så vi kan köpa ett hus? frågade Lisa med tindrande ögon.

-Som jag sade nyss, skruva ner förväntningarna så slipper du bli besviken. Imorgon hämtar jag dig vid jobbet och därmed tycker jag att vi sätter punkt för den här diskussionen, föreslog Scotten.

-Jaha, då kan du väl koka havregrynsgröt till kvällsmat under tiden jag tar på mig en mysoverall, svarade Lisa och suckade med en blick som tydligt visade att hon just nu tyckte att Scotten var en riktig tråkmåns.

-Jag fixar det. Om en stund sticker jag till Ludvig så får vi se hur stort jag vinner över honom i biljard den här gången, sade han och satte på spisen.

-Jaha, och jag får ställa mig vid spisen och baka. Sedan går jag nog och lägger mig rätt tidigt, för det moler i benen, svarade hon.

-Känns härligt då att vi har något positivt att se fram emot. Jag vet vad det är och du får se imorgon. Förhoppningsvis blir den till både glädje och nytta, svarade han och pytsade upp gröten i varsin skål.

-Okej, det ska bli spännande att se vad det är för något. Jag gör tårtbottnar när du har gått, skulle jag somna innan de svalnat så får du lägga över något när du kommer hem, så att de inte blir torra. Vispa grädde och fixa resten tänker jag ordna med i morgon bitti innan jag går till jobbet, förklarade Lisa.

-Men tänk om Knasen smäller i sig allt när du somnat! det får ju inte hända, då förstör han ju allting! sade Scotten förfärat.

-Jag får väl stänga in honom i sovrummet hos mig så han inte kommer åt den, svarade Lisa samtidigt som hon gäspade.

-Ja, det får du lova att göra. Jag säger ingen tid när jag kommer hem inatt, förmodligen blir det i vart fall ganska sent, sade Scotten och ställde bort sin tallrik på diskbänken.

-Se bara till så du inte väcker halva huset som du gjorde sist, sade hon och log.

-Jag glömmer aldrig var Knasens matskålar står sedan jag snubblade på dem senast, så den risken är i det närmaste obefintlig, sade Scotten och reste sig.

-Det får vi verkligen hoppas. Ni får ha det så trevligt,
sade Lisa och böjde sig mot Scotten för att få en kyss.
-Det ska vi, jag älskar dig, sade han innan han kysste
henne och gick.

- - - - -

-Fick du ta emot slag från cykeltjuven med, eller när fick
du de blåmärkena på dina handleder? frågade Jesper
när han såg Linn i fikarummet.
-Dem har jag inte sett själv ens, men när du säger det
så tror jag mig minnas att jag höll upp mina armar för att
skydda ansiktet, förklarade hon innan hon smuttade på
sitt varma te.
-Jaha, du säger det. Har förhören med de två eleverna
som skulle komma hit gett något, eller ville de inget
berätta nu? undrade han medan han fyllde sin mugg.
-Jag har fått ett par namn som det är läge att följa upp.
Dels är det en före detta elev på skolan, men även en
som går sista året där, berättade Linn.
-Det låter intressant, det får vi kolla upp snarast. De
sade inget om att även skolpersonal var inblandad,
eller? frågade hennes chef vidare.
-Nej, det är jag säker på att de inte gjorde. Det ska ju
komma hit en elev till om en stund, det är möjligt att hon
har sådana upplysningar, spekulerade Linn.
-Visst, det är tänkbart. Har du något protokoll färdigt från
förhöret som jag kan läsa? det är ju lite stimmigt här,
förklarade Jesper när ytterligare fyra medarbetare anslöt
för att fika.
-Jag har bara mina egna anteckningar gjorda på ett A4-
block. Det är nog lämpligast att du får läsa rapporten när
jag fått den renskriven, fortsatte Linn.

-Jaså, skriver du så slarvigt? frågade han och skrattade.

-Hehe, faktum är att jag inte ser själv alla gånger vad jag gjort för krumelurer, svarade Linn medan hon log osäkert.

-Som sagt, jag vill läsa anteckningarna från förhöret innan jag går hem idag. Se till att renskriv rapporten när sista förhöret är klart, sade Jesper innan han tog en sista klunk ur muggen och gick och sköljde ur den.

Inom sig var han besviken över att inte redan nu få veta vad som framkommit av eleverna som samtalat med Linn. Det kändes som att en stor del av utredningen nu gick ner på lågfart bara för att hon skrev som en kratta och därmed inte kunde avlägga en bra rapport. Ett tag tänkte han avkrävt en muntlig redogörelse för vad som sagts, men hejdade sig i sista stund. Plötsligt kom han på att Linn förmodligen inte alls hämtat sig från den traumatiska upplevelsen när hon försökt att avstyra cykelstölden. Inte minst de fula blåmärkena hon fått på sina handleder vittnade om att hon utsatts för något som definitivt inte bara gick att sopa under mattan. Med insikt om det han precis kommit fram till, gick han fram till henne och gav henne en klapp på axeln. Först tänkte han sagt något med, men fann inte de rätta orden, så han lät bli.

Som svar gav Linn ett ansträngt leende, men hennes ögon var tårfyllda. Jesper tackade sig själv inombords att han inte varit okänslig och brusat upp, för det hade säkert kunnat knäcka henne för lång tid framöver, spekulerade han innan han lämnade fikarummet.

Några steg efter kom Leila som mådde betydligt bättre nu än för bara en kvart sedan.

De fyra limpsmörgåsarna hon tryckt i sig hade resulterat i att hon återigen var på banan.

-Jag såg att du pratade med Linn, hade hon fått fram något? frågade Leila.

-Hon är tillsagd att lämna en skriftlig redogörelse till mig när sista eleven är förhörd. Jag tror Linn är lite känslig nu för vad hon just varit med om, så hennes del i det hela får vi så att säga låta gå lite på halvfart. Fram till lunch får du och jag sammanställa rapporterna från samtalen vi haft på skolan, fortsatte hennes chef med att tala om.

- - - - -

-Du är ju alldeles blöt i håret, är du precis nyduschad? frågade Scotten när han kom in till Ludvig på TV-firman.

-Ja, jag var hemma en sväng och passade även på att ta ett par piroger. Jag tror risken är mindre att jag lämnar eventuella hårstrån på platsen, om jag tvättat och borstat ur håret ordentligt. Dessutom ska jag ju ha rånarluva på huvudet där inne, så jag hoppas att det räcker. Du har ju fixat andra registreringsskyltar så du kan gärna gå ut och sätta på dem, föreslog Ludvig.

-Jag ordnar det, är allt annat klart? undrade Scotten.

-Ja, det ska inte vara något annat vad jag kommer på. Vi lägger våra mobiltelefoner här på bordet, så kan vi hämta dem innan biljarden, fortsatte Ludvig.

Med en nick förklarade Scotten att han var med på noterna, innan han lade ifrån sig sin telefon. Väl ute, påmindes han av hur ogästvänligt Sverige verkligen var den här årstiden. Ett fint duggregn gjorde honom effektivt genomkyld i glipan mellan jeansen och den midjekorta jackan han bar.

En snabb blick upp mot en gatlampa en bit därifrån besannade hans funderingar, för mot ljuset såg han att det kom ner något som gjorde ljuset suddigt.
Hade temperaturen varit några grader lägre, kunde det förmodligen snöat istället. Det fick Scotten att tänka, att det nästan alltid kunde vara värre och det fick honom att försöka sig på ett brett smile trots allt. Bara på de få minuter det tagit att sätta fast de stulna nummerplåtarna, hade hans fingrar börjat värka av kylan och för att tina upp dem igen, stoppade han ner sina händer i jeansfickorna när han var färdig. Med sin högra hand kände han stiletten ligga där den brukade, redo för att rädda upp operationen om den tog en oväntad och olycklig vändning. Om stickvapnet förde tur med sig eller inte, kunde han inte riktigt säga. Det enda han visste var, att en polis nyligen sagt till honom att göra sig av med stiletten för evigt. Detta var något han visste att han egentligen borde gjort, men som hittills inte blivit av.
Hela tiden hade han skjutit upp det, vilket kanske var tur. Möjligheten fanns ju att den skulle bli deras räddning ikväll.
Plötsligt kom Scotten att tänka på Lisa, som förmodligen var i full gång med att göra sockerkakssmet. När han tänkte på hur goda hennes tårtor brukade bli, kände han hur det vattnades i munnen. I nästa sekund fick han skuldkänslor för vad han snart var i färd att genomföra. Om Lisa någonsin fick veta att han snart skulle utföra ett inbrott tillsammans med Ludvig, visste han att hon skulle bli helt förtvivlad. Att operationen medförde att de kunde gå tjugotusen kronor plus, var säkert ingen förmildrande omständighet, det visste han.

Precis som när han legat på operationsbordet ett par gånger, eller när det var något annat obehagligt på gång, försökte han tänka att om en stund var allt obeghagligt och smärtsamt över. Om mindre en tre timmar skulle han och Ludvig med stor sannolikhet spela biljard och läppja på varsin kall öl. Visserligen alkoholfri som han tyckte smakade kamelpiss, men ändå. Scotten hade visserligen inte testat att dricka urin från en kamel, men han föreställde sig att smaken var ungefär densamma. Förhoppningsvis skulle han aldrig få veta hur det förhöll sig, tänkte han vidare.

-Nu får du sluta dagdrömma, du ser ju ut som en pilsk munk! Jag har tagit en bild på ytterdörren till företaget som jag vill att du öppnar åt mig. Tror du att du behöver den lilla kofoten eller den större för att bryta upp den? frågade Ludvig irriterat.

-Lugn, så jag ska titta noggrant på bilden. Som jag ser det är det definitivt det stora bräckjärnet som gäller. Men för att vara på den säkra sidan, kan jag gardera mig genom att ha det mindre med mig innanför min jacka, föreslog Scotten.

-Bra, då sticker vi. Med en klapp på sin högra bröstficka kände Ludvig efter så att mobiltelefonen med kontantkortet låg där. I den andra handen bar han ryggsäcken där allt fanns som han behövde.

Utan ett ord mer till varandra satte de sig i Saaben och körde iväg, väldigt fokuserade på uppgiften de hade framför sig.

- - - - -

Kapitel 7

Leila försökte så opartiskt hon kunde, sammanställa rapporten från förmiddagens samtal. Men ideligen fick hon gå tillbaka och korrigera texten för att det hennes chef antytt, alltmer verkade vara en trolig förklaring till varför drogerna fått ett fast grepp om skolan. Inom sig anade hon att elever i utbyte mot sexuella tjänster erbjudits knark, kanske inte bara av tidigare elever, utan troligtvis även av skolpersonal! Det var ju för tusan de som skulle skydda dem mot sådant och så gjorde de precis tvärtom! Om det inskränkte sig till endast bilder eller om det var brott av grövre kaliber visste hon inte, men allt var redan tillräckligt för att Leila skulle känna avsmak för allt som rörde utredningen. En titt på klockan visade att det var dags för mat, vilket hon såg som ett nödvändigt avbrott för att med mer energi i kroppen orka ta tag i problemet under resten av dagen. När hon rest sig från kontorsstolen och skjutit in den, knackade det ett par gånger på hennes dörr och hon anade att det var Jesper som ville något.

-Nu är det dags för käk, har du med dig matlåda eller ska vi sticka iväg någonstans och äta? frågade hennes chef utan att öppna dörren.

-Jag har visserligen med mig en form med lasagne, men den klarar sig en dag till. Ska jag vara ärlig, så har jag sällan haft så svårt för att sammanställa ett samtal som det här. Hela skiten är så motbjudande att jag helst bara vill låta någon annan städa upp. Jag hänger med ut och äter, men du får räkna med att jag kommer snacka en del jobb, förklarade hon.

-Du kanske inte tror det, men mina känslor för det här är ganska lika dem du säger att du har. Det kan nog vara läge för att vi ventilerar problemen tillsammans för att kunna gå vidare, föreslog Jesper och lät Leila gå ut först genom ytterdörren.

-Skönt att höra att det inte bara var jag som reagerade med avsky på händelserna där. Ett tag trodde jag nämligen att jag blivit totalt överkänslig och valt helt fel yrke, fortsatte hon.

-Vi måste ha en öppen dialog när vi upplever svårigheter och tunga bitar i vårt arbete, annars är det lätt att vi kör huvudet i kaklet. De serverar buffé på Scandic, jag kan bjuda. Min fru Britta har visst gått dit ibland med sina arbetskamrater och tyckte det var toppen, kan det passa? frågade hennes chef.

-Ja tack, det blir perfekt. Det är ju inte långt dit heller, så det passar fint! svarade hon. Tidigare hade hon ovanligt nog inte känt sig speciellt hungrig, men nu när Jesper nämnt ordet "buffe", märkte hon genast att hon var i det närmaste utsvulten.

-Vad jag kan förstå så var det förmodligen hur ungdomarna fått tillgång till knarket som berörde dig mest, stämmer det? frågade han medan han knäppte översta knappen i sin rock för att inte bli kall.

-Ja, särskilt det. Risken är ju stor att de fått sina liv förstörda för all framtid. Både för att de kanske redan kommit in i ett beroende, men även vad de kan ha utsatts för hittills, förklarade Leila.

-Det är ändå viktigt att vi inte skuldbelägger oss själva i den här härvan. Skadan är skedd och vi har inte haft vetskap tidigare om eländet. För att vi ska kunna lindra skadeverkningarna av det här, måste vi bedriva ett bra polisarbete som leder till att verksamheten får ett slut snarast, förklarade han.

-Kan det röra sig om andra påtryckningsmetoder de använt sig av tror du? Jag känner inte att jag kan tänka riktigt klart innan jag fått mat i mig, sade hon.

-Hjälp vid prov och högre betyg är väl ett par trovärdiga orsaker. Sedan vet man helt klart från tidigare utredningar kring sådant här, att det kan växa sig hur stort som helst. Det kan vara allt från kläder och smycken, vem vet, kanske även resor som har erbjudits, fortsatte Jesper.

-Hur menar du nu, eleverna kan väl inte både ha erbjudits det du nämner och samtidigt fått tillgång till droger, eller? undrade Leila.

-De är smarta när de så att säga marknadsför sina produkter, ska du veta. På något finurligt sätt har de kanske gett dem något jag nämnde, eller eventuellt en mobiltelefon av senaste modell. Därmed hamnar eleverna i beroendeställning till de som gett dem prylarna. Listigt nog kan de sedan bygga upp ett förtroende hos personerna de gett grejer till, genom att ge dem ännu mer, men kanske då tillsammans med en drink som exempelvis innehåller kokain. En sådan blandning innebär oftast att de är fast i skiten, berättade hennes chef.

-Jag hör vad du säger, men de vinner väl inget på att ge dem prylar gång efter annan utan att få betalt för det, svarade Leila skeptiskt.

-Det är det som är så finurligt av dem som sysslar

med sådant här, att de vet att de kommer få en kund för lång framtid som kommer göra allt i utbyte mot att få mer kokain. Särskilt den drogen är så starkt beroende framkallande, att i stort sett ingen kan sluta ta den. Dessutom är den lätt att blanda ut i förslagsvis något att dricka utan att det smakar illa för det, sade Jesper.

-Men då måste du förstå varför jag känner som jag gör. Du antyder ju själv att vi ligger steget efter och inte har några vidare möjligheter att få stopp på affärerna. De som redan är fast i drogträsket vill väl inte därifrån, för deras sug efter mer knark är betydligt starkare, svarade Leila uppgivet innan de steg in på Scandic för att äta.

-Visst kan det kännas hopplöst det vi håller på med och det är inte säkert att vi genom våra insatser kan garantera att det blir bättre. Har vi en jäkla otur kan det faktiskt bli värre, om någon annan tar över verksamheten utan att vi får reda på det. Men sådana tankar måste vi skyffla undan och istället förlita oss på att det vi gör är det enda rätta. Om vi så bara kan rädda livet på en enda person i den här smeten, så kan ingen påstå att vårt arbete varit meningslöst, svarade Jesper samtidigt som han gav henne en bricka.

-Jag vet att du har rätt i det du säger, det är ju så vi måste tänka. Jag behöver bara vänja mig vid att det är så som du säger och förtränga mitt tvivel, förklarade hon.

-Det är nog sunt att ifrågasätta sina värderingar ibland, men du måste fokusera på din professionella yrkesroll i det hela och därmed se till att lösa problemen på bästa möjliga sätt, sade Jesper medan han betalade för två dagens rätt.

-Det känns i vart fall betydligt bättre nu än för en stund sedan. Det var behövligt att jag fick höra din syn på det, svarade Leila när de satt sig vid ett fönsterbord för att äta.

Utanför såg hon ett fint duggregn komma ner, något som hon knappt märkt när de gick in till restaurangen. Typiskt november, tänkte hon medan hon tog ett rejält bett i en stor och god pannbiff.

- - - - -

När Ludvig parkerat en bit från företaget, tog han fram kontantkortstelefonen och tryckte på uppringning till bevakningsfirman som kollade av stora delar av Nyköping. På deras hemsida hade Ludvig sett att man gärna fick kontakta dem på deras tipstelefon om man iakttagit något som verkade misstänkt. De utlovade till och med en belöning till dem som hörde av sig till firman, om det ledde fram till ett gripande.

-Jag går runt lite och kontrollerar så att allt är lugnt, sade Scotten och öppnade bildörren.

Genast gjorde den råa novemberluften sig påmind och när han kikade upp mot himlen såg han att halvmånens konturer var suddiga av den höga luftfuktigheten. Den enda fördelen han kunde se med det, var väl att ingen frivilligt vistades utomhus under de här omständigheterna. Den ansiktsfärgade rånarluvan satt minsann inte i vägen, för tack vare den slapp han i vart fall frysa om nyllet. Om någon mot alla odds skulle vara ute och se honom nu, borde de ändå knappt reagera, för ovanpå hade han dragit på sig en svart toppluva för att det på lite avstånd skulle se hyggligt naturligt ut. Några minuter senare såg han Ludvig lägga ifrån sig telefonen, vilket betydde att han ringt och tipsat om två pågående brott i andra änden av Nyköping. Direkt gick Scotten tillbaka till Saaben och öppnade bakluckan för att hämta bräckjärnen. Samtidigt plockade Ludvig fram ryggsäcken som han tog på sig. Med en nick till varandra deklarerade de att allt hittills gått planenligt och att det bara var att fortsätta. Väl framme vid dörren som skulle brytas upp, satte Scotten med en bestämd stöt in kofoten mitt för det klena låset för att bryta upp det. Utan större ansträngning gav den gamla torra dörrkarmen vika och med ett utdraget knakande öppnades dörren. Så fort Ludvig störtat in, tryckte han på sin pannlampa för att fortfarande ha sina båda händer fria och dessutom se vad han höll på med. De starka ledlamporna lyste effektivt upp i skåpet där han snarast var tvungen att koppla bort kontakterna som annars skulle utlösa larmet. Allt eftersom komponenterna lossats, lade han ner dem försiktigt i ryggsäcken. De högkänsliga och svindyra detektorerna plockade han raskt ned och bara en kvart senare var han färdig, trots att de varit utspridda över hela lokalen. -Bryt upp den dörren med, befallde Ludvig och pekade mot direktörens kontor.

Utan ett ord gjorde Scotten det, medan han undrade lite vad det skulle vara bra för. Till sin förvåning fick han se Ludvig aptera en sprängladdning på ett gammalt kassaskåp som stod i ett hörn. Några sekunder senare tände han på en stubintråd som var cirka en meter lång. När Ludvig direkt efteråt skyndade sig ut från kontoret, hängde Scotten instinktivt med och snart var de ute i bilen igen. Med en rivstart körde Ludvig iväg samtidigt som en dov smäll hördes inifrån företaget.

-Det där sista nämnde du inget om tidigare, vad var tanken med att spränga kassaskåpet men ändå inte kontrollera vad som fanns där? frågade Scotten.

-Just den biten kom jag på i eftermiddags, så det var inte med i planeringen från början. Skälet till att jag gjorde så, är den att det är en fördel om det ser ut som ett rånförsök. Förhoppningsvis kommer utredarna anta direkt att målet för inbrottet just har varit att komma åt det som låg i kassaskåpet och därmed inte komma på tanken att någon snott larmet, förklarade Ludvig.

-Men då har jag två frågor, sade Scotten medan han tog av sig huvudbonaderna. För det första, verkar det inte misstänkt att det gick att utföra ett inbrott utan att larmet utlöstes? undrade Scotten.

-Direkt när vi kom ut i bilen igen, så tryckte jag på den här. Det är en fjärrutlösare som går till deras larmcentral, så den biten är redan ordnad. Vad var det mer som var oklart? frågade Ludvig.

-Tänk om det fanns något av värde i kassaskåpet och vi inte passade på att ta med det, är det inte lite konstigt tycker du? undrade Scotten vidare.

-Sprängladdningen var alldeles för liten för att få upp det massiva skåpet. Jag lovar att det är helt intakt trots att smällen hördes ända ut till bilen. Meningen är att det ska se ut som om någon riktig amatör varit i farten. För det talar inte bara sprängladdningen som var för liten, utan även att ytterdörren forcerats av ett desperat pucko, fortsatte Ludvig.

-Vad fasen, kallar du mig för pucko? Utan min hjälp hade du väl stått där och fibblat med låset ännu, muttrade Scotten surt.

-Ett proffs hade tryckt in rätt kod på pekskärmen och sedan hade dörren öppnats. Den koden har jag visserligen, men då hade förmodligen jag varit en bland det huvudmisstänkta, fortsatte Ludvig och drog även han av sig mössa och rånarluva.

-Jaha, på det viset. Fick du med dig allt som var ditt nu då? frågade Scotten.

-Ja, precis allt är med. Skönt att det gick så smidigt och fort. Nu åker vi till TV-firman och sedan ska du få stryk i biljard! berättade Ludvig och pustade ut.

-Det känns faktiskt lite konstigt att allting flöt på så bra. För som du säger, så tror inte jag heller att vi kan ha missat något. Undrar du inte om det är någon som kommer sakna larmet snart? frågade Scotten.

-Det är inte alls säkert att stölden någonsin upptäcks. I och med att företaget gick i konkurs och lade ner sin verksamhet, så kommer med all sannolikhet byggnaden stå tom och oanvänd en ganska lång tid framöver, om den inte till och med rivs. Skulle det på något sätt dyka upp en finansiär som är beredd att satsa genom att köpa upp konkursboet, så är det ändå inte säkert att det uppdagas att lokalen varit försedd med ett exklusivt larm. Till att börja med så finns det ju faktiskt ingen betalning gjord på ett sådant, förklarade Ludvig.

-Okej, jag litar på dig. När vi kommer tillbaka plockar jag av registreringsskyltarna om du ser till att få med mobiltelefonerna, för du ska väl ändå in med larmet? undrade Scotten.

-Ja, och imorgon sänder jag tillbaka larmet till leverantören. Jag tänkte på nummerplåtarna, vad tycker du vi ska göra med dem? frågade Ludvig när han parkerat på innergården till TV-firman.

-Om bilen står kvar på långtidsparkeringen där jag tog dem, så kan jag utan större svårighet klämma dit dem imorgon när jag cyklar till mitt arbete. På det viset är det ingen som har en aning om att de varit ute på vift ett tag, föreslog Scotten.

-Det låter som en bra idè! Skulle bilen vara väck får du väl göra dig av med dem på parkeringen, så kanske ägaren får dem ändå till slut, spekulerade Ludvig.

-Vi kommer ju vara i biljardhallen före tjugotvå, det är väl betydligt tidigare än vi vågade hoppas? sade Scotten när han till sin förvåning såg att inte klockan var mer på sin mobiltelefon.

-Det är ju bara fördelar med det. Den här gången räcker det säkert om vi bara spelar till strax efter midnatt. På så vis slipper man kanske vara så förbaskat trött imorgon, förklarade Ludvig.

-Dessutom ska vi hålla oss nyktra och slippa den förbaskade bakfyllan. Ikväll är jag riktigt laddad för att spela biljard, så räkna med att du åker dit! sade Scotten retsamt.

-Kul att du är så självsäker, då kommer du ta en förlust så mycket hårdare! Här är förresten en bunt med sedlar som jag lovade dig. Är det bestämt när det blir affär? frågade Ludvig.

-Imorgon är bilen min, så då har jag planerat att hämta Lisa i den när hon slutar arbeta, berättade Scotten.

-Hon blir säkert väldigt glad att du skaffat en bil som troligtvis kommer att fungera, till skillnad mot rishögarna du åkt omkring i tidigare, sade Ludvig och log.

-Det hoppas jag verkligen att hon blir. Möjligtvis undrar hon kanske var jag fått pengarna ifrån, men jag har ju sparat ihop det mesta, förklarade Scotten.

-Sedan tror jag knappast att Lisa vet vad en sådan bil kostar. Du får väl säga att du kanske kunde köpt en ännu nyare bil om du lånat pengar, men när du skrapat ihop dina tillgångar så räckte det faktiskt till en fin V 60, sade Ludvig.

-Ja, det är så jäkla skönt att slippa stå i skuld till någon. Det känns helt fantastiskt att få bli ägare till Volvon. Även om jag räknar med att vinna biljarden och därmed få en massa öl av dig, så ska jag ändå bjuda på en sejdel så fort vi kommer dit för att fira bilköpet, svarade Scotten och garvade.

-Vi får väl bjuda varandra då, för jag vill fira att jag fått tillbaka larmet. Hade inte det lyckats, skulle jag varit tvungen att betala åttiosextusen för det, hur nu det skulle gått till, svarade Ludvig och höll upp dörren till biljardhallen åt Scotten.

- - - - -

Kapitel 8

Leila hade svårt att riktigt släppa de tunga bitarna som inträffat på jobbet. Det här var något hon blivit varnad för, både under utbildningen men även av sina kollegor, just att under inga omständigheter ta med sig arbetet hem. Gjorde man det var risken stor att man framöver fick leva ensam och dras in allt djupare i polisyrket utan att det för den skull blev bättre utfört. Istället kunde prestationerna sjunka, vilket oftast hade det negativa med sig att man engagerade sig ännu mer i arbetet.

-Vi måste hitta på något så att jag inte bara tänker på jobbet, sade Leila till Petter som satt vid sin dator.

-Okej, vad föreslår du själv att vi ska göra? undrade han lite förvånad över hennes kommentar.

-Spela kort kanske, det var länge sedan, eller hur? utbrast hon efter några sekunder.

-Visst, kan du spela tjugoett? frågade Petter.

-Klart jag kan det! Jag hämtar en kortlek och blandar medan du stänger ner din dator, föreslog Leila och började rota i en byrålåda där hon trodde att den låg.

-Det har jag redan fixat. Du kanske vill ha lite frukt, jag såg nämligen att det låg en del i fruktskålen som vi måste äta upp innan den blir förstörd, sade Petter undrande och gick mot köket.

-Jag var inte riktigt sugen på det, men ta gärna du. Vi kan väl sitta vid köksbordet när vi spelar, föreslog hon och satte sig.

-Det går fint, du kan dela ut korten så kommer jag, svarade han.

-Jag brukar inte klaga på ditt bordskick, men det var värst vad det smackar i munnen på dig när du käkar banan! Du får tugga med stängd mun, för jag har svårt att koncentrera mig annars, sade Leila irriterat.

-Så här har jag alltid ätit banan, konstigt att du reagerar på det nu, svarade Petter.

-När jag spelar tjugoett så får man inte göra som du precis gjorde! Är det några egna regler du använder, så är det ju inte alls märkligt att du vinner, anmärkte Leila efter att ha förlorat tre gånger.

-Du kanske tycker vi ska satsa lite pengar när vi spelar. Sätter vi en hundralapp varje gång så har jag snart pengar till en ny elcykel, utbrast han medan han glufsade i sig banan nummer två.

-Som sagt så gillar jag inte dina regler och dessutom stör ditt förbaskade tuggande mig så pass, att jag har tröttnat på att spela kort med dig! svarade Leila med en rasande ton efter att ha förlorat fem gånger i rad.

-Jag tycker det låter som att du är en dålig förlorare. För att inte bli osams på riktigt, föreslår jag att vi kollar om det är något på TV istället, sade han.

-Det har du fullständigt rätt i. Inte att jag är en dålig förlorare utan för att du spelar oschysst. På grund av det så är det bättre om vi tittar vad det är på dumburken, svarade Leila med en suck och lade ihop kortleken.

-Det är nyheter om fem minuter, jag tror inte att det är något på de andra kanalerna som du vill se, sade Petter när han satt sig i soffan i vardagsrummet och zappat med fjärrkontrollen.

-Det får duga med det. Jag kommer snart, ska bara se om jag kan hitta något ätbart i kylskåpet, för nu känner jag att det lätt skulle gå ner något, förklarade hon.

-Tar du inte de sista bananerna så får vi väl tyvärr kasta dem imorgon, ropade Petter.

-Okej, då gör jag väl det svarade Leila medan hon satte på en platta på spisen.

-Vad har du tänkt att göra för något? undrade Petter nyfiket när han hörde att hon tog fram en stekpanna.

-Jag hittade ett paket bacon i kylen, så jag lindar sådana runt bananerna så blir det "bacon and banana". Du kanske vill ha en med, svarade Leila medan hon hällde i lite flytande margarin.

-Nej tack, jag är precis proppmätt. Jag har ju just smällt i mig tre bruna bananer, svarade han.

-Synd för dig, du anar inte vad du går miste om. Har det hänt något roligt i världen? frågade Leila när hon satt sig bredvid Petter med sin tallrik.

-Nej inte ett skit, det är bara en massa bekymmer de pratar om, svarade han.

-Men det är väl det som allmänheten gillar mest, har jag för mig att du berättade för mig för inte så länge sedan, svarade hon retfullt.

-Visserligen är det konstaterat att det är så, men någon liten bra grej kunde de väl ta upp i alla fall. Jag blev så trött av att se på det, är det okej om jag stänger av TV:n?

-För mig behöver den inte vara på. Vi kan gå och lägga oss så fort jag har ätit färdigt, svarade Leila med munnen full.

-Jag går och borstar tänderna så länge. Ska du gå upp halvsex imorgon också? undrade Petter.

-Ja, jag börjar klockan sju som du, så det blir lagom,
svarade hon innan Petter gick in i badrummet.

Efter att ha ätit färdigt och fixat kvällstoaletten, gjorde
Leila honom sällskap i deras dubbelsäng. Först var
lakanen grymt kyliga, men några minuter senare kändes
det perfekt.

Förbryllad väcktes hon av larmet halvsex. Leila kom inte
ihåg att hon somnat tämligen direkt kvällen innan, men
så var tydligen fallet. Hur det kunde gått över sju timmar
med sömn men att ändå känna sig helt slut, var en gåta
för henne.

Plötsligt kände hon en kudde kastas mot ansiktet och
långt borta hörde hon Petter säga att det var hög tid att
kliva upp. Med yrvaken blick såg hon att klockan redan
var tio minuter i sex, vilket betydde att hon fick sno sig
på för att hinna. Jäklar så typiskt att jag somnade om,
tänkte hon och satte sig på sängkanten.

-Vill du duscha direkt eller äta först? undrade han.

-Har du gröten färdig så kan jag ta en dusch efteråt. Igår
kom jag i sista minuten till jobbet och det vill jag inte, att
det händer igen. Det är väl den här totala avsaknaden
av rikitigt solljus som gör mig så slö antar jag. Imorgon
ska jag ta mig tusan gå upp klockan fem så att jag
slipper jäkta, sade hon.

-Det ligger säkert en hel del i vad du säger. Jag försöker
sätta mig in i hur skönt vi kommer att få det runt nyår när
vi ska åka till Teneriffa och gifta oss! När jag tänker på
allt solljus vi ska få där, så går det genast mycket lättare
att härda ut i novembermörkret nu, svarade Petter.

-Ja, det är väl det enda som kan hjälpa, att tänka på att
vi ska gifta oss och dessutom få en härlig vecka

75

i solen. Det är bara det att det känns som evigheter tills dess, svarade hon.

-Du ska se att tiden dit kommer gå ganska snabbt, särskilt när det är mycket att göra för oss båda tills vi ska åka, förklarade Petter.

-Okej, jag ska försöka tänka som du säger, för det låter logiskt. Nu måste jag göra mig i ordning kvickt för att hinna, sade Leila och ställde bort sin tallrik på diskbänken.

-Har du tagit fram någon matlåda till dig för idag förresten? Jag tror inte att jag såg någon i kylskåpet förut, sade han undrande.

-Jag har kvar en form med lasagne på jobbet som jag inte åt igår, så det är lugnt, svarade hon inifrån badrummet.

-Vi slutar väl halvfem båda två idag, då kanske vi hinner spela lite kort ikväll med? sade Petter retfullt.

-Aldrig i livet, för det var inte roligt att spela med dig! Tusan vad jag ser ut i håret, ungefär som att en tornado gått fram i skallen på mig, fortsatte hon när hon såg sig själv i spegeln.

-Jag gillar när du ser lite ruffsig ut, det är så naturligt på något sätt, sade han och log.

-Vad fasen menar du med det? Menar du att jag ofta ser så här ovårdad ut? undrade hon.

-Jag menar bara att du är fin som du är. Nu måste vi dra inom fem minuter, annars kommer vi för sent, sade Petter när han sett hur mycket köksklockan var.

-Jag är i princip färdig, jag står ju här och väntar på dig, som av någon anledning är ute i köket när vi ska gå, muttrade Leila medan hon knöt sin halsduk.

-Jag kommer nu, skulle bara hämta min matlåda och ditt smörgåspaket, för det vill du väl inte missa till förmiddagskaffet? frågade han och räckte över en box med fyra limpmackor.

-Tack älskling, det var en jäkla tur att du kom ihåg dem åt mig, annars hade jag blivit helt utsvulten framåt lunch, förklarade Leila och pussade honom.

-Nej, det är ju inte så kul och behöva gå och vara hungrig. Då ses vi efter jobbet, sade han och kysste henne innan de skildes åt.

-Ja det gör vi, puss puss, svarade hon och satte på belysningen på sin cykel.

Den här morgonen borde det i vart fall inte vara någon risk att hon kom för sent, tänkte hon, för nu kom hon faktiskt iväg flera minuter tidigare än dagen innan. Hur detta var möjligt, trots att hon gått upp tjugo minuter senare gick inte riktigt ihop för henne, men det var skit samma.

Tack vare lite medvind när hon cyklade, kom hon till och med före sin chef, vilket kändes otroligt skönt.

-Godmorgon Jesper! sade hon muntert när han kom innanför dörren till polisstationen.

-Morrn, hade du medvind hit idag eftersom du är så tidig? frågade han andfått.

-Ja, men det hade tydligen inte du, svarade Leila och skrattade.

-Nej, den här jäkla blåsten från havet tillsammans med mörkret är milt sagt väldigt påfrestande. Vore det sådant här väder året runt i Sverige, skulle väl inte en mänsklig varelse vilja bo här antar jag, svarade hennes chef innan han snöt sin illröda snok.

-Nej, förmodligen inte. Men då skulle det ju följaktligen inte finnas några polistjänster här heller. Apropå det, har det hänt något i vårt område i natt? frågade hon.

-Det har tydligen varit hektiskt för vaktbolaget, svarade Jesper när han satt sig vid sin dator.

-Jaså, men det är inget de kopplat in oss på, eller? fortsatte hon.

-Först blev deras båda patruller kallade till två platser i utkanten av staden, utan att det fanns någon anledning till det när de kom fram. Kort därefter tipsades de om att det hörts en sprängning i en företagslokal nästan en mil därifrån. När de kom dit såg de en uppbruten dörr och tillkallade våra kollegor som fann ett kassaskåp som utsatts för sprängning, förklarade hennes chef.

-Vet vi om de fick upp skåpet, och om något stulits? frågade Leila.

-Nej, vi får åka dit och slutföra undersökningen, för oturligt nog så blev våra poliskollegor magsjuka i samma veva. Båda hade visst ätit varsin kebab under kvällen, så de antog att någonting i den inte var helt fräscht, berättade han.

-Men att inte vi kallades in då? Det är ju inte bra om det händer något akut, sade hon.

-Larmcentralen övervägde visst det, men det brukar ju vara ganska lugnt en natt mitt i veckan resonerades det. Dessutom hade det kostat polismyndigheten en extra hacka, om de kallat in oss och som du vet så ska det sparas pengar så mycket det går, fortsatte Jesper.

-Jag vet att det är så och ärligt talat hade jag inget emot att få sova ostört i natt. Man undrar bara lite över hur de tänker vad det gäller säkerheten för allmänheten, sade hon medan hon plockade fram en bilnyckel ur skåpet.

-Jag håller med dig på den punkten, att skulle det hända något akut så dröjer det ju lite extra för oss att komma till undsättning, om vi fortfarande befinner oss i våra bostäder. Möjligt kanske att någon Norrköpingspatrull var nära vår gräns och kunde ryckt in om det kommit ett larm, men det vet jag inte, sade Jesper och stängde av datorskärmen.

-Det är klart att det kan ha varit på det viset. Jag bara fasar över om det händer något och vi är totalt oförberedda, tänk vilka konsekvenser det skulle kunna få, sade Leila när de satt sig i bilen för att åka till företaget som fått påhälsning.

-Visst är det så, både för våra medborgare men även mot polisen själva. Jag vet att din pojkvän är en journalistmurvel men jag säger det ändå för det är min åsikt. Nämligen att media kunde i ett sådant läge blåst upp det hela så att vi inte vore värda någonting, sade hennes chef med eftertryck.

-Jag vet att allt fler delar din åsikt på den punkten och jag vill inte helt dementera det du säger. På samma gång, med all rätt tycker jag, så är det viktigt att alla får veta att samhällsskyddet är väldigt bristfälligt ibland. Tack vare massmedia får vi ut att vi behöver förstärkning, fortsatte hon.

-Ibland vet jag inte om de utökade resurserna ger så förbaskat mycket i slutänden. Det verkar som för mycket går till omorganisationer och mer byråkrati. Ingen tycks förstå att vi förmodligen skulle nå våra mål bättre, om vi hade mer gemensamma operationer tillsammans med försäkringskassan, socialtjänsten och kriminalvården för att nämna några. Jag är övertygad om, att kunde vi samköra våra register, så skulle vi rensa upp en hel del i träsket, fortsatte han.

-Ja, det låter trovärdigt det du säger. Förmodligen är det många gånger samma personer som figurerar och utmärker sig bland myndigheterna och fick de lämna ut de uppgifterna till varandra så borde det leda till att fler brott uppdagades, svarade Leila samtidigt som hon parkerade utanför det nedlagda företaget.

-Där är visst kriminaltekniker Lisbeth, då kan vi förmodligen få veta det mesta om kassaskåpssprängningen, sade hennes chef och sken upp.

-Hej på er! Här har vi nog ett par riktiga amatörer som varit igång, utbrast Lisbeth när hon såg dem.

-Jaså, vad grundar du det på? frågade Leila.

-För det första har de använt ett väldigt grovt verktyg för att bryta upp dörren och det på ett relativt klumpigt sätt. Med rätt teknik går det att göra med betydligt mindre kraft och åverkan. Sedan har vi då försöket till att ta sig in i kassaskåpet. Följ med får ni se, sade Lisbeth och log.

-Men skåpet är ju inte öppet, så med andra ord kan de väl inte fått med sig något, spekulerade Leila förvånat.

-Nej, just det. Sprängladdningen har satts där skåpet är som starkast och för att få upp det på det viset, går det åt dubbelt så mycket sprängdeg. Hade de riktat in sig på gångjärnen eller botten så hade det däremot varit enkelt för dem att få upp skåpet, förklarade Lisbeth.

-Hur vet du att det inte var en person? frågade Jesper.

-Jag är tämligen säker på att den som gjorde det inte var ensam. Jag har hittat suddiga avtryck från två olika skostorlekar, nämligen ett par fyrtiotreor och ett par som är cirka tre nummer större. Det enda proffsiga de lyckats med vid tillgreppet är att de måste haft någon form av skoskydd på sig, för några mönster från sulorna har jag inte funnit. Inte heller några fingeravtryck viket betyder att de använt handskar hela tiden, förklarade Lisbeth.

-Men något hårstrå eller liknande som du kan få fram något DNA på har du kanske hittat, undrade Leila hoppfyllt.

-Nej, inte ens det. Så hittar ni inte något från en övervakningskamera eller eventuellt kanske ett erkännande av de som utfört det hela, så kommer nog det här förbli ouppklarat och därmed läggas ned, fortsatte Lisbeth.

-Vet vi om det fanns något av värde i kassaskåpet eller vad har företagsägaren sagt om det? undrade Leila.

-Enligt uppgifter från honom själv så var faktiskt skåpet tomt. Om det verkligen är det eller om där finns dolda tillgångar lär vi inte få veta, om inte åklagaren tycker att vi ska undersöka det, svarade Jesper besviket.

-Nej, och varför skulle han anse att det vore nödvändigt med en husrannsakan här? för det är ju ändå företagledaren som utsatts för ett brott och ingen annan, sade Leila.

-Glöm inte vad jag sade innan. Om Skatteverket misstänker att företaget sysslat med svarta pengar, borde vi fått veta det direkt. Skåpet kan vara fullt med bevismaterial för detta, utan att vi har en aning om det. Så långsamt som rättsväsendets kvarnar mal i sådana här processer, är jag inte ett dugg förvånad om direktören hinner städa upp efter sig och fly utomlands för alltid, fortsatte hennes chef och suckade.

-Ska vi gå en runda i lokalerna för att se om det verkar vara något som är stulet? föreslog Leila.

-Ja, det är väl bäst att vi gör. Direktören själv hade visst rest till Thailand på en månads semester med sin sekreterare har han uppgett. Han verkade ytterst ovillig att avbryta sin resa för det här, berättade Jesper.

-Jaha, då tog han alltså inte konkursen eller inbrottet så hårt då, sade Leila.

-Dem det förmodligen är mest synd om nu, är troligtvis de som varit anställda. Företagschefen själv äger åtta företag till i Europa som sammanlagt gjorde en vinst på över tvåhundra miljoner förra året, berättade Jesper.

-Det är väl varken första eller sista gången det ligger till på det viset, just att det är fotfolket som får lida medan pamparna klarar sig fint, svarade hon.

-Så är den bittra sanningen. Nu åker vi tillbaka till stationen och dokumenterar morgonens händelser, allt enligt polisledningens föreskrifter, förklarade hennes chef.

-Först är det dags för förmiddagsfika, glöm inte det! sade Leila.

- - - - -

Kapitel 9

Hjärtat slog hårt när Scotten lämnade över fyrtio
använda femhundra lappar. Ett par klick på sin telefon,
så swishades återstående pengar över till säljaren av en
vit Volvo V60! Det här var det dyraste han någonsin köpt
och på samma gång som lyckan kändes total, infann sig
en grym oro över om han verkligen hade råd med det
här. I tankarna kom det upp oförutsedda utgifter som
snabbt kunde få hans ekonomi att hamna på minus.
Men med handslaget som de nu gjorde, var affären
förseglad och ingen återvändo fanns. Det här bara
måste lösa sig, bestämde sig Scotten för att tänka.
-Sommardäcken ligger i bagaget. Alla utom ett för det
fick inte plats där, men det hittar du i en svart sopsäck i
baksätet, berättade hans arbetskamrat.
-Härligt, tack för en bra affär, svarade Scotten upprymt.
-Tack själv, som du vet så behöver vi en större bil nu när
vår familj växer. Jag har ju förresten en reservnyckel till
bilen därhemma, men den kan jag ta med imorgon, sade
han.
-Lysande, det ska bli trevligt att åka hem efter jobbet.
Hur mycket är det i tanken förresten? frågade Scotten.
-Det är drygt halv tank och den drar under noll komma
sex per mil, fortsatte han innan de båda fick sätta igång
att arbeta.
-Serviceboken då, ligger den i handskfacket? undrade
Scotten, men fick inget svar för kompisen hade redan
fått på sig hörlurarna och börjat lyssna på musik. Jag får
kolla det sedan, tänkte Scotten och tog på sig sina

83

lurar. Han kom på sig själv med att nästan oavsett vad det gällde, om det bara var tillräckligt viktigt för honom, så ville han gärna räkna ner tiden tills det skulle vara gjort eller hända. Just nu kom han fram till att det var exakt elva timmar tills Lisa slutade arbeta och han skulle hämta henne i Volvon. Tack vare att hon slutade klockan arton, skulle han hinna köra igenom bilen i en snabbtvätt för att få den skinande blank. Den var i och för sig inte direkt smutsig nu heller, men på något sätt kändes det som att den genom en tvätt skulle bli mer redo för att axlas av sin nya ägare. Inombords hade Scotten roligt åt sina lite udda tankar, men tyckte ändå att de kändes naturliga även om många andra säkert skulle stämpla dem som helknasiga.

Sexton och tio var han nyduschad och med lätta steg gick han ut till sin bil. Några meter ifrån den, tryckte han på nyckeln för att låsa upp.

Det första han fick göra när han satt sig, var att skjuta tillbaka stolen, ändra ratten och ställa in alla speglar. Motorn startade villigt och med ett brett leende till sina arbetskamrater lämnade han sin arbetsplats och kände sig som en kung.

Scotten kom att tänka på en film när han åkte iväg, för han påmindes av den nu. En av huvudrollsinnehavarna påstod att man alltid strävade uppåt och framåt i livet för att uppnå total lycka, men det var inte alls säkert att man lyckades. Om man gjorde det, så var det högst sannolikt att den bara fanns där en kort stund innan någonting plötsligt ändrades till det sämre. I hans eget fall var just nu allt så bra som det någonsin kunde bli. Han hade världens finaste flickvän, välbetalt arbete och dessutom en fin bil som var hans! På köpet skulle han bli pappa snart, vilket verkligen borde bli hans absoluta höjdpunkt i livet.

Plötsligt kom oron tillbaka, för i filmen hade den härliga lyckostunden bara varat i några minuter, innan livet raserades. Vad som kunde ske för att vända hans lycka nu hade han ingen aning om, men helt klart kände han att det var något skit på gång.

Sekunderna senare såg han att bilen framför helt omotiverat bromsade maximalt, så att Scotten bara var några centimeter ifrån att köra in i den. Först tänkte Scotten gått ut och frågat den jäveln vad han höll på med, men precis då körde bilen iväg. Några hundra meter senare när Scotten kommit ifatt igen, upprepades den kraftiga inbromsningen av bilen framför och den här gången hann inte Scotten stanna i tid. Med en dov knuff såg han att han kört in i bilen, för den for fram en liten bit. För att inte hindra övrig trafik, vinkade mannen att de skulle köra åt sidan in på en grusplan i kanten av industriområdet, för att klara ut det hela.

Scotten följde efter samtidigt som han undrade om en högre makt spelat ett spratt med honom, för det var ju just det här han spekulerat i precis innan det hände.

Det första Scotten gjorde när han kom ut, var att gå fram och se efter vilka skador bilarna fått. På hans V 60 var det en rejäl buckla mitt i registreringsskylten. Den hade med all säkerhet åsamkats av dragkroken på den andra bilen, för den var ganska så rejält intryckt mot karossen.

-Din idiot! Varför bromsade du? vrålade Scotten samtidigt som han tog tag om sin stilett i byxfickan.

-Det var barn på vägen, så det var därför som jag bromsade. Du får ersätta mig för en ny dragkrok! sade mannen som blivit påkörd.

-Jag kan säkert få fram vittnen till hur du bar dig åt. Förmodligen tänkte du väl försöka kvadda din bil genom att få någon att köra på dig och därmed få ut pengar från försäkringsbolaget, röt Scotten och tog ytterligare ett steg fram mot mannen som var cirka tjugo centimeter kortare än han själv.

-Rör du mig så kommer jag definitivt att anmäla dig för misshandel. Förresten tycker jag inte om att du spottar på mig, svarade mannen med en förskräckt blick.

-Hittills har jag inte spottat på dig ditt avskum, men det kan jag göra nu! sade Scotten och harklade sig. En blandning av gammal förkylning och verkstadsdamm landade mitt i den yviga frisyren på mannen. Utan ett ord till, vände sig Scotten om och gick tillbaka till sin bil. Med en snabb blick i backspegeln när han åkte därifrån, såg han att mannen nu stod och samtalade med någon annan, men det var ingen han kände igen.

Långsamt lade sig ilskan och Scotten körde bort till tvätthallen för att köpa det dyraste tvättprogrammet. Under tiden maskintvätten gjorde sitt, passade han på att beställa en ny registreringsskylt för under hundralappen, vilket han tyckte var överkomligt.

- - - - -

När det bara var en liten stund kvar innan de skulle sluta sitt arbete, kom Leila på att hon inte sett deras nya medarbetare på hela dagen.

-Jag har inte sett Linn, har hon semester eller? frågade hon.

-Nej, hon ringde visst och sjukskrev sig i morse, svarade hennes chef.

-Jaha, det var ju tråkigt. Vet du om det var för smällen hon fått av cykeltjuven, eller var det något annat? undrade Leila vidare.

-Jag tror inte Linn berättade det. Hon hade anmält det i växeln, så jag vet inga detaljer, förklarade han.

-Tycker du att vi ska höra av oss till henne och höra hur hon mår? jag menar, hon kanske mår riktigt dåligt, resonerade hon.

-Jag tycker att vi avvaktar ett par dagar innan vi kollar. Visst kan det vara som du säger, men det kan lika gärna vara en vanlig förkylning, svarade han.

-Okej, då går vi väl på din linje. Hon har ju faktiskt ett förhållande med någon som kan hjälpa henne om det behövs, fortsatte Leila.

-Så uppfattade jag det också. Nu har vi jobbat färdigt för idag, sade Jesper och reste sig från sin stol.

-Ja, det ser jag på klockan nu. Tror du det blir fler larm till bevakningsföretaget inatt på grund av att gärningsmännen inte fick med sig något från kassaskåpet? frågade Leila samtidigt som hon släckte på kontoret.

-Visst kan det vara som du säger, det är fullt tänkbart. De som jobbade natt och blev magsjuka har i alla fall återhämtat sig och ska jobba skiftet som kommer. Men visst, blir det något oförutsett som inträffar så får vi väl räkna med att bli inringda, fortsatte Jeper, medan han höll upp dörren.

-Vi ses senast imorgon klockan sju då, om ingen beordrar in oss, konstaterade hon och skrattade.

-Visst, det gör vi, svarade hennes chef samtidigt som han stannade upp och stirrade mot en flagga i närheten.
-Är det något speciellt på gång? frågade Leila oroligt.
-Jag tror fasen inte mina ögon! Du ser väl att vinden vänt helt och hållet sedan i morse! utbrast Jesper.
-Jaha, när du säger det så är det förmodligen på det viset, men vad har det för betydelse egentligen? undrade hon likgitigt.
-Det innebär ju för tusan att jag får en jäkla motvind när jag ska cykla hem, precis som när jag trampade till jobbet i morse, förklarade han med allvarlig blick.
-Härligt, då får du ju motion vilket man måste ha i det här yrket, svarade Leila och for iväg i medvinden utan att knappt behöva trampa.
Vad hennes chef svarade på det kunde hon inte höra, men hon anade att det inte var något av värde.

- - - - -

När tvätten gjort sitt, körde Scotten bilen åt sidan och torkade av bilen invändigt samt tömde gummimattorna.
Att ta bort registreringsskyltar var något som kändes bekant, så med ett par handgrepp fick han loss den främre och tryckte tillbaka bucklan som blivit nyligen.
Det blev väl inte helt perfekt, men den var i vart fall inte lika iögonfallande längre. Med en ny skylt monterad om några dagar skulle bilen se väldigt bra ut, för sådana små detaljer gjorde mycket, ansåg han.
En kvart senare åkte han mot centrum för att hämta sin flickvän som med förvånade ögon fick syn på honom när hon låst butiksdörren.
-Har du lånat en bil eller vad är på gång? frågade Lisa när hon tagit plats i passagerarstolen.

-Den här har jag sparat ihop till och köpt, så det är vår bil! svarade Scotten stolt.

-Vad fin den är, passar ju perfekt när vi får barn snart, svarade hon förtjust.

-Det bästa tycker jag ändå är att den är helt betald. Hade jag behövt låna pengar kanske farsan ställt upp, men det är så jäkla skönt att slippa stå i skuld till någon, förklarade han.

-Du kan väl köra till Nyköpingsbro så bjuder jag på hamburgare! Sedan kan vi fara hem och äta tårta, men då vill jag ta ratten! föreslog Lisa.

-Det låter som en jättetrevlig idè, så gör vi, svarade Scotten som kände sig lättad över att hon tagit det så positivt.

-Om det går att fälla baksätet, så borde vi kunna åka till Ikea och handla en del vi behöver framöver, typ spjälsäng och skötbord bland annat, fortsatte hon.

-Det möter ju inga hinder, så fort vi kommer hem lägger jag in sommardäcken i källarförrådet så kan jag se hur stort utrymme det är när baksätet är fällt, berättade Scotten.

-Ställ dig utanför bilen så jag kan ta ett kort och skicka till Ebba innan vi går in och äter, befallde Lisa när de parkerat.

-Men för det behöver väl inte jag vara med! Kan du inte ta ett bara på bilen så kan jag ha det som profilbild på facebook, sade han undrande.

-Nu är det jag som tar kort och då vill jag att du är med! Det syns ju på lång väg att du inte har något emot det, sade Lisa och backade några meter för att få med allt på fotot.

-Okej då, om du säger så får jag väl lita på att det är bra. Ta en bild nu, det är inte så noga! Du förstår att jag är rejält sugen på den där hamburgaren du lovade, förklarade han.

-Ha, jag har redan tagit massor med kort på dig plus att jag filmat en del också! Det kommer bli kanon, svarade Lisa och kramade om honom.

-Känns som att jag får censurera en hel del sedan. Jag har lite blandade tankar om det här stället sedan tidigare, men det som är positivt är att jag tycker att de har de godaste burgarna jag vet, berättade Scotten när de började gå inåt.

-Jag vet att du har en del tråkiga minnen härifrån, men nu ska vi käka lite gott här, så då kanske det jobbiga känns mer avlägset, spekulerade hon.

-Visst, så är det nog. Jag funderar på att unna mig en starköl att dricka till, för du ska ju ändå köra hem sedan. Vi drack ju öl i går kväll när vi spelade biljard, men den var alokholfri och enligt mig är det inte riktig öl, förklarade Scotten.

-Tycker du inte om smaken eller är det utseendet du retar dig på? frågade hon.

-Framför allt smaken är det som inte stämmer. Visst kan det skilja mellan olika sorter, men där finns något som inte stämmer. Sedan går det inte att komma ifrån, att har man dragit i sig några riktiga starköl med hög styrka, så infinner sig snabbt de perfekta dansstegen som man inte hade en aning om att man kunde ta tidigare, sade Scotten och garvade.

-Det tror jag vad jag vill om! Så länge vi har varit tillsammans, så har jag tyckt att det är ungefär som att flytta möbler när man väl får upp dig på dansgolvet onykter.

-Det har du aldrig sagt tidigare! Tänk på att jag är en känslig person och kanske tar åt mig väldigt av det du säger, svarade Scotten och försökte se allvarlig ut.

-Så tråkigt för dig då! Som tröst kan jag väl säga att jag går med på att bjuda dig på en riktig starköl om du lovar att glömma det jag sade nyss, svarade hon med ett leende.

-Det låter förträffligt! Om det sedan inte hjälper, går det säkert att bjuda på en till kanske, försökte Scotten.

-Låt mig förklara två saker för dig nu. Nummer ett är att det faktiskt är en vanlig torsdag och du ska till ditt arbete som vanligt imorgon. Nummer två förstår du, det är att jag inte tänker vara en vandrande rullator åt dig om en stund, svarade Lisa och skrattade.

- - - - -

Kapitel 10

Ringsignalen på Leilas telefon slog ner som en blixt i hennes hjärna och hon förstod genast att det var något akut som inträffat. Samtidigt som hon tryckte på grön lur, såg hon att klockan snart var tre på morgonen.

-Jag hämtar dig om fem minuter, det har skett ett mord! hörde hon Jesper säga innan samtalet bröts. Om han medvetet kopplat bort henne för att kontakta fler var oväsentligt, budskapet var ändå glasklart för Leilas del. Direkt tände hon lampan i taket utan att ta någon hänsyn till att Petter försökte somna om, för det var betydligt viktigare att hon snabbt hittade sina kläder och utrustning för att inte komma för sent.

-Är det bråttom, eller ska jag ordna lite kaffe till dig? frågade hennes pojkvän innan han gäspade.

-Snällt tänkt av dig, men det hinner jag inte. Man har hittat ett lik nyligen så jag måste skynda mig. Jesper plockar upp mig om fem, förklarade Leila medan hon rusade in på toaletten.

-Så otäckt! var försiktig bara, så det inte händer dig något, svarade han förmanande.

Detta var inget som Leila uppfattade, för hon var just i färd med en borstning av sina tänder på tio sekunder.

-Jag sticker nu, du får gå upp och låsa efter mig! ropade hon innan hon drog igen ytterdörren och rusade ner för trapporna.

-Klart! svarade Petter samtidigt som han med långsamma steg gick upp för att låsa dörren.

-Nattpatrullen fick ett larm från en hundägare som hittat en död människa i utkanten av stan. Detta var för cirka en kvart sedan, berättade hennes chef när hon precis hunnit sätta sig i bilen.

-Är teknikerna tillkallade också? frågade Leila medan hon tog på sig säkerhetsbältet.

-Lisbeth borde komma dit samtidigt som vi, för jag ringde henne direkt efter att jag kontaktat dig.

-Vet vi något mer om vem det kan vara? Jag menar, har någon anmälts saknad tidigare, så kan det ju vara den personen som mördats, spekulerade hon.

-Det enda jag vet är att den kvinnliga hundägaren fått köras till sjukhuset, för den döde var visst i ett anskrämligt skick. Bra att Lisbeth hann före oss ser jag, då kan hon säkert ge oss viktiga upplysningar, påpekade Jesper när han parkerade vid brottsplatsen.

-Hej Lisbeth! har du någon preliminär rapport att ge redan, så vi kan påbörja sökandet efter mördaren? frågade Leila så fort de kom fram.

-Det enda jag kan upplysa er om i ett så här tidigt skede, är väl att det ser ut som offret bragts om livet med någon form av stickvapen. Någon har stuckit ett vasst föremål rakt in i halsen här, förklarade Lisbeth samtidigt som hon lyste med sin ficklampa på hålet som åstadkommits.

-Fy tusan, det var ingen vacker syn! utbrast Jesper och hulkade ofrivilligt.

-Tja, det är så här det ser ut om man blir mördad på det här viset. En jädra massa blod som sprutar ut stötvis, precis som ur en fontän i en damm. Det blir ju väldigt slabbigt och smetigt när sådant här händer, men offret torde ha dött inom en halvminut, förklarade Lisbeth.

Tack, det räcker med detaljer nu! Kan du vara schysst och se efter om han bar några identitetshandlingar på sig? undrade han kritvit i ansiktet.

-Du behöver inte vara rädd för att han ska bitas, för det lär han aldrig mer göra. Men okej då, jag kan väl ordna det för jag har ju handskar på mig, svarade Lisbeth lite sarkastiskt.

-Jag går och kontrollerar vem som äger bilen som står därborta. Det är möjligt att den har ett samband med mordet, sade Leila. Inom sig var hon tacksam för att hon dragit den logiska slutsatsen, för genom det så kunde hon komma bort från den vidriga synen av liket. Hade hon varit tvungen att stå kvar där och hennes chef börjat kräkas, skulle hon förmodligen gjort likadant, tänkte Leila. Slagningen bland fordonsuppgifter visade att BMW:n ägdes av en bilvårdsfirma som bara haft bilen några dagar. Lite djupare forskning talade om att bilen var helförsäkrad och att skatten nyligen var betald. På sin dator kunde Leila även se att företaget hade över tjugo fordon, vilket gav henne lite onda aningar, för de var trots allt bara fyra anställda på stället som låg några kilometer därifrån. Leila hade hört om liknande upplägg där sådana här firmor systematiskt ägnade sig åt försäkringsbedrägerier. När hon fick se att dragkroken var rejält intryckt, förstärktes hennes misstankar att föraren till bilen sett till att bli påkörd av någon genom att bromsa fullt helt utan anledning. Därigenom undgick han att bli vållande till olyckan. Motpartens försäkringsbolag skulle på så vis få stå för hela kostnaden för att reparera fordonet, vilket oftast var grymt kostsamt. Även om det bara såg ut att vara dragkroken som skadats, så hade hon hört att hela chassit ofta blivit skevt och därmed ersattes nästan alltid hela bilens värde och fordonet fick skrotas. Historien var sällan slut där, utan vraket försågs istället med ny identitet och allting kunde upprepas, gång efter annan utan att någonting gjordes åt det. Om fallet verkligen var som hon trodde visste Leila inte, men det var i vart fall inte helt osannolikt.

-De flesta sover nog än, men du kan sätta upp avspärrningsband hundra meter från kroppen. Annars kommer nog någon morgonpigg murvel och klampar in här, förklarade Jesper.

-Jag fixar det direkt. Håller du på att bli sjuk? du är precis glansig i ögonen och låter så hes, undrade Leila när hon kom tillbaka.

-Nej, det är inget fel på mig! Det är bara den här förbaskade novemberluften som ställer till det. Vartenda år vid den här tiden när det är rått och fuktigt så blir jag rasslig i halsen och då tar jag starka halstabletter för att lindra besvären. Enda egentliga biverkningen jag märkt av att ta dem, är att det är så bra tryck i den här sorten att ögonen börjar rinna på mig, förklarade hennes chef.

-Jaha, på det viset. Jag var orolig att du var dålig, men det är ju bra att du har effektiva tabletter, svarade hon.

-Visst är det så. Fick du fram vem som äger den där bilen? frågade han.

-Han heter Adam Frans och är delägare i en bilvårdsfirma som äger cirka tjugo bilar, sade Leila.

-Det låter ju lite extremt men det är inget som Adam Frans kommer kunna ge oss svar på, alltså varför de har så många fordon. Det namnet står nämligen på ID-handlingarna vi hittade, förklarade Jesper.

-Ska vi titta närmare på BMW:n här, eller är det bättre att vänta? frågade hon.

-Nu när du konstaterat att fordonet ägs av offret, så är det bättre om vi ser till att bilen kommer in till polisstationen, så att den kan undersökas under bättre förhållanden än här, svarade hennes chef.

-Ja, det är det enda vettiga att ta in bilen med, för då kan vi eventuellt få en snabbare förklaring till vad som hänt, inflikade Lisbeth.

-Har du hittat något mer intressant på liket redan som kan vara intressant för oss? frågade Leila.

-Jag anar att det går att hitta ett bra DNA-spår på offret som möjligtvis kan tillhöra den som bragt honom om livet. Dessutom har jag hittat katthår på kragen, om jag inte misstar mig. Det kan vara något annat, men mitt sjätte sinne säger mig att det är hårstrån från en katt. Nu vet jag inte om Adam Frans är kattägare, för då kan det ju ha sin förklaring, spekulerade Lisbeth.

-Bra att du kommit så långt, det begränsar genast våra efterforskningar. Kontrollerar du eventuella DNA-spår nu på morgonen? frågade Jesper.

-Helst hade jag ju förstås åkt hem och sovit några timmar, men det är nog inte speciellt populärt. Så du kan vara lugn, jag kollar det direkt inne på stationen, svarade Lisbeth.

-Ska jag höra med offrets anhöriga om det vistas någon katt i hans bostad? undrade Leila.

-Vi väntar lite med det tills vi till hundra procent är säkra på att vi har rätt identitet på liket. En obducent får snygga till ansiktet lite innan vi ber någon anhörig fastställa om det är Adam, förklarade han.

-Ska jag sticka och köpa ett par kaffe och några smörgåsar? Jag förmodar att inte du heller hann med att äta frukost innan vi kallades hit, undrade Leila.

-Ja, det skulle sitta bra! Förmodligen är det mesta färdigt här om drygt en timme så vi kan åka in till polisstationen, men ska vi orka ta tag i utredningsarbetet på allvar är det bra om vi käkat lite så att vi orkar, resonerade hennes chef.

-Vill du att jag köper med något till dig med Lisbeth? frågade Leila.

-Okej, du kan gärna få köpa med en mugg kaffe för det piggar alltid upp, svarade hon.

- - - - -

Med ett brett leende lade sig Scotten runt midnatt efter en som han tyckte, hade varit en toppendag. Dels hade han och Lisa älskat med varandra när de kommit hem från Nyköpingsbro, vilket inte skett på ett par veckor. Mycket berodde på att Lisa på grund av graviditeten tappat lusten lite för det, men nu verkade allt vara på banan igen! Sedan gick det inte att komma ifrån, även om det rörde sig om ett materiellt ting, så hade det varit en otroligt skön känsla att få åka omkring i bilen han köpt. Enda smolket i glädjebägaren som kom upp i hans tankar, var idioten som tvärnitat framför, så att han kört in i honom. Förhoppningsvis var dock det något som var helt överspelat och aldrig mer skulle ha någon betydelse. Om ett par dagar borde ersättningsskylten komma och så skulle det probemet vara löst. Sedan att han loskat puckot mitt i kalufsen var ju något som losern i stort sett stått och bett Scotten om att göra. Så här i efterhand var han medveten om att stiletten han bar i fickan, mycket väl kunnat komma till användning om han provocerats ytterligare. Men nu kändes det som om allt detta var historia, vilket märktes på de allt längre andetagen innan han somnade.

-Nu får du sluta snarka så förbannat, du väcker förmodligen hela huset som du håller på! sade Lisa och knuffade bestämt på Scotten.

-Det är väl inte jag, tror du inte att det är Knasen? yrade Scotten yrvaket innan han vände sig om för att sova vidare.

-Skyll inte på vår lilla oskyldiga katt, det enda ljud han ger ifrån sig är ju ett mysigt spinnande! svarade Lisa utan att få något svar.

Scotten hade redan somnat om och inom ett par minuter var han igång med att såga timmerstockar igen. Ett tag tänkte Lisa gått och lagt sig i TV-soffan, men hon varken orkade eller ville lämna den sköna sängvärmen. Som en hygglig lösning på problemet, tog hon Knasens kudde och lade på sitt huvud och därmed blev det genast mycket bättre. Var Knasen hamnade på grund av detta visste hon inte, men med ganska stor säkerhet skulle han dela kudde med Scotten, antog Lisa innan hon somnade om.

-Shit! vad det måtte ösregna ute, som det slår mot fönstret. Jag tar nog bilen idag, sade Scotten när han stängt av larmet som ringt exakt halvsex, precis som det brukade. Att det vräkte ner var förmodligen dagens överdrift, men visst kom det ner något fint duggaktigt när han tittade noga mot gatlampan som satt en bit utanför fönstret. När han såg åt Lisas håll, låg hennes huvud troligtvis under Knasens kudde och det var nog därför som hon inte hört vad han sagt och därav inte svarat.

Först tänkte han lyft på kudden och berättat att han minsann inte tänkte cykla till jobbet nu när monsunregnet anträtt, men kom i sista stund på att det kanske vore bättre om han skrev en lapp och lade på köksbordet innan han stack till sitt arbete.

Efter dusch och sedvanlig grötfrukost, tog han nycklarna till bilen och gick ner för trapporna. Känslan var otrolig när fjärrlåset öppnade bilen samtidigt som innerbelysningen tändes!

-Ja, jag känner mig välkommen till dig min bil, nu ska vi åka till jobbet! sade Scotten till sig själv samtidigt som han log åt sina banala funderingar. Med ett par knapptryckningar satte han på såväl rump som rattvärme, vilket inom ett par minuter gjorde färden ännu angenämare. Vid det här laget hade han visserligen nästan hunnit fram till Allsvets AB, men skit samma, allt var varmt och gott när det var dags att parkera i alla fall.

Redan när Scotten kom innanför dörren, lämnade förre ägaren reservnycklarna till honom. Just sådana här saker, att folk verkligen gjorde vad de sagt och lovat att de skulle göra, var något som gladde honom ofantligt. Allt oftare hade han stött på motsatsen, då käften glappade på folk. Guld och gröna skogar utlovades, men i slutändan visade det sig alltför ofta att det bara sagts för att det skulle låta bra, för inte ett skit hände av det som överenskommits. De sistnämnda var han oerhört trött på och numer vågade han knappt lita på någon, för så många gånger hade han blivit lurad och bränd.

Äntligen var det fredag och en härlig helg var i

antågande! En del företag brukade sluta tidigare sista arbetsdagen i veckan, men så var det inte där Scotten arbetade. Visst hade det väl känts positivt att på så sätt få lite längre ledighet, men Scotten kände inte att det var livsavgörande. I och med att Lisa aldrig kom loss före arton, spelade det inte någon större roll. Dessutom visste han, att de som jobbade mindre sista dagen i veckan alltid fick arbeta längre tid de övriga dagarna. Vid exempelvis midsommarafton blev det alltid en massa tjafs, för då var det ju ändå ingen som behövde arbeta i hans bransch. Detta var inget som arbetsgivarna alla gånger brydde sig om, utan de ville fortfarande att de skulle hålla på som vanligt måndag till torsdag, särskilt om det var ett mindre företag med få anställda.

Eftersom dilemmat inte direkt påverkade Scotten, sköt han de tankarna åt sidan och funderade istället på vad som planerats för helgen.

Lisa hade föreslagit att de skulle åka till Ikea och handla, vilket han var lite kluven till. Visserligen innebar det att de skulle få några härliga mil i Volvon, men att gå i ett stort varuhus och virra runt var föga tilltalande. Hon hade berättat att det var dags att köpa spjälsäng, skötbord och lite av varje vilket förstås var helt nödvändigt. Tavlan Scotten gjort, blev nu så uppenbar för honom. När han betalat bilen med tillhörande försäkring, hade han totalt förträngt utgifterna som var förknippade med att de inom kort skulle bli föräldrar! Om Lisa menade att de borde dela på de utgifterna, så hade han helt enkelt inte råd med det! Förhoppningsvis ville hon stå för kostnaden själv, men det var inget han kunde ta för givet. Tanken på att fråga henne om detta ansåg han var alltför känslig att ta upp, så den fick bero. Faktum var att han med facit i hand tvekade på om han handlat rätt när han köpt bilen för de sista slantarna han kunnat uppbringa.

Insikten om att han inte på något sätt kunde lösa frågan som dykt upp i hans hjärna, ledde fram till att han tvingade sig själv att koncentrera sig fullt ut på sina arbetsuppgifter. Mest för att han fann sina problem olösliga här och nu, men också för att hans arbete krävde att han ägnade sig åt det, för att inte begå några misstag.

På frukostrasten såg han att han fått ett meddelande av Lisa. Hon skrev att hon blivit beordrad att jobba på lördagen mellan klockan nio och femton för att en medarbetare blivit sjuk. Därmed blev resan till köpcentret framflyttad åtminstone till söndagen, vilket Scotten inte tyckte var någon nackdel, för därmed sköts problemet upp ett dygn. Om detta på något vis kunde medföra att dilemmat på så sätt löste sig, hade han svårt att tro. Men på något obeskrivligt sätt tyckte han ändå att det var ett besked åt rätt håll.

- - - - -

Kapitel 11

-Det var skönt att komma in i värmen! utbrast Leila när de stegade in på polisstationen.

-Ja, det var inte en minut för tidigt. Jag tänker att vi gör så här, att nu är ju klockan redan sju och det är fredag morgon. Vi har i stort sett varit igång sedan tre i morse, så nu jobbar vi vidare till lunch och sedan tar vi ledigt för idag, berättade hennes chef.

-Tycker du vi ska lägga tyngdpunkten på att fortsätta med mordutredningen eller är det drogerna på skolan som gäller? undrade hon.

-Lisbeth och hennes kollegor lär behöva dagen på sig för att klargöra det mesta vad det beträffar liket vi fann i natt. Vår avdelning kan inte göra så mycket på den fronten än, utan vi inväntar svar från dem. Särskilt det Lisbeth nämnde, att hon var tämligen säker på att hon skulle få fram ett DNA på en trolig gärningsman lät ju väldigt intressant, fortsatte Jesper.

-Ja, det gjorde det onekligen. Jag kan inte begripa hur fasen hon kunde vara så säker på att hitta det, men hon måste väl ha sett något på offret direkt som grund för sitt påstående, svarade hon.

-Jaha, Lisbeth har överraskat mig många gånger! Hon ser detaljer och samband som knappt någon annan lyckas med. Helt klart är hon en mardröm för alla möjliga förövare. Till något helt annat, jag ser att Linn kommer över gatan häråt nu, så då sätter vi henne på att sammanställa förhören av de tre eleverna, sade han.

-Okej, det låter som en bra idè. Jag behöver fram till fikat på mig för att få fram om det varit tidigare anmälningar om droger på skolan. Efter åtta ska jag kontakta olika myndigheter och se vad det går att få fram, förklarade Leila.

-Det kan du göra, så hjälper jag Linn att komma igång, för hennes del i det hela är så pass viktig att det måste bli klart snarast. Vi satsar på att köra en genomgång halvtio och då planera vad som är lämpligast att göra härnäst, förklarade Jesper medan Linn kom in på kontoret.

-Godmorgon! Jag hörde på radion att det varit ett rejält pådrag inatt, har vi någon gripen? undrade Linn.

-Ja, det såg riktigt otäckt ut. Det var nära att jag ringde in dig med, men sedan kom jag fram till att det är bättre om du är kvar här i eftermiddag, då Leila och jag tar kompensationsledigt. Vi har ingen misstänkt till mordet än, men Lisbeth jobbar för fullt med att ge oss uppgifter som kan leda framåt i utredningen, berättade Jesper.

-Okej, då vet jag. Innan jag gick hem häromdagen för att jag blev sjuk, samtalade jag med den tredje eleven, och det som framkom då behöver jag renskriva i en rapport. Är det läge för det nu? frågade Linn.

-Ja, och jag vill vara med när du gör det för att få en djupare inblick i vad som framkom. Leila pysslar med annat fram till fikat och sedan kör vi en gemensam dragning, förklarade deras chef. Jesper ville på detta sätt även bilda sig en tydligare bild av deras nya medarbetare, men det var givetvis inget han talade om. Linn mötte honom med en förvånad blick, men sade inget. Detta var något han ignorerade fullständigt, så istället drog han fram två stolar till datorn där de kunde slutföra det de skulle.

Leila fick fram att det kommit in drogrelaterade anmälningar från skolan åtminstone sedan sju år tillbaka. Fick hon mer tid framöver tänkte hon gå ännu längre bakåt, men i nuläget ansåg hon att det fick räcka. Såväl Skolstyrelsen som Polisen hade fått in anonyma tips. Det var dock inget som prioriterats, mycket för att det just kommit från anonyma anmälare. Att de velat dölja sin identitet förvånade inte Leila det minsta, för att anklaga någon för att hålla på med knarkaffärer och samtidigt tala om vem man var, kunde vara rena självmordet. Så länge rättssystemet var upplagt på det viset skulle det hela fortgå, förmodligen med ökad intensitet, tänkte hon och suckade tungt.

Strax innan nio, summerade Leila för sig själv vad som framkommit för hennes del, under tiden hon pratat med några i uppehållsrummet, samt vid de sökningar hon genomfört under morgonen. Sammanfattningsvis var det tydligt att det förekom knark på skolan och förslag hade lagts för att komma tillrätta med det. Bland annat hade en punkt kommit upp som borde gett ett odiskutabelt svar på vilka som använde droger på skolan. Det gick ut på att skolsköterskan skulle få ta urinprov på samtliga elever, men det hade fallit på två saker. För det första så saknades sköterska på skolan sedan fyra år tillbaka, för så länge hade tjänsten varit vakant. Som nummer två var det inte lagligt att göra ett sådant test, för det stred mot den personliga integriteten, hade det framkommit.

För att komma vidare hoppades Leila att Jeper och Linn på något sätt skulle få fram fakta kring vilka som höll på med först och främst försäljning, men också vilka som var köpare. Lyckades det, kunde mycket väl andra brott uppdagas på grund av att knarket hela tiden måste betalas, av människor som absolut inte hade någon inkomst. Med andra ord måste de stjäla eller erbjuda tjänster för att erhålla drogerna.

I fikarummet stod en rejäl smörgåstårta framdukad, för en medarbetare fyllde femtio och bjöd all personal. Detta var något som Leila tyckte var helt förträffligt i och med att hon inte hunnit få med sig några smörgåsar på morgonen.

- - - - -

Scotten trodde knappt sina ögon när han kom ut till cykelstället och skulle åka hem, för hans cykel var borta! Snabbt undersökte han sina fickor för att ta fram nyckeln till låset, men även den var väck! Det enda han kände var en betydligt tjockare nyckel i vänster framficka som han tog upp. Först då kom han på att han ju haft lyxen att åka bil till jobbet och så diskret som möjligt gick han mot parkeringen där Volvon stod.

-Har du glömt att du åkte bil hit i morse? hörde han sekunderna senare, en jobbarkompis fråga retsamt.

-Klart att jag inte gjorde, jag har nämligen tappat min cykelpump någonstans, men den låg inte här heller, svarade Scotten så trovärdigt han kunde.

När han kom fram till sin V 60, såg han att tvätten av bilen han fixat dagen innan, i stort sett varit helt meningslös. Det hade stänkt upp massor på sidorna och där bak. Det var inte bara vanlig smuts, utan en jädra massa saltstänk som totalt skitat ner den igår så fina vita lacken. Efter lite velande om han skulle åka och tvätta bilen igen, kom han till slut fram till att det lika gärna kunde vänta tills någon gång under helgen. Hans pappa Henrik hade ofta talat om att det var hopplöst att hålla en bil skapligt ren i Sverige. Detta gällde särskilt vintertid, men även övriga årstider var det förenat med ett ändlöst arbete. Scotten hade tidigare inte lagt speciellt stor vikt vid vad han sagt, men nu förstod han på riktigt vad Henrik menat.

När han ställt bilen utanför deras bostad, slog det honom att han kanske skulle passat på och åkt och handlat så det var gjort till helgen. Nästan direkt kom han dock på att det lilla som behövde köpas, smidigare kunde tas hem om han tog sin cykel istället, mest beroende på att Nyköping allt eftersom blivit hopplöst att hitta en ledig parkeringsplats i. Detta gällde i synnerhet under fredagseftermiddagar och dagarna före storhelger. Vid närmare eftertanke kom Scotten inte på en enda sak som nödvändigtvis behövde inhandlas, så han låste bilen och gick upp till deras lägenhet. Helst ville han lagt sig på soffan och druckit en öl, men när han såg att det behövde städas, drog han fram dammsugaren och tog det värsta.

Plötsligt insåg Scotten att han borde ordnat något gott att äta till Lisa när hon kom från jobbet, för det var ju för tusan fredag! Efter en snabb koll i kylskåpet såg han att det skulle lösa sig, för där fanns rödbetsallad, gurka och färdigstekta köttbullar! I frysen hittade han en påse av Lisas hemgjorda tekakor, som fulländning på vad de skulle äta för festligt till kvällen!

Allt var dukat och ljuslyktan tänd när hon kom hem lite före halvsju.

-Oj, så fint du har gjort med goda mackor och varsin öl! det ska smaka gott älskling, utbrast hon och kysste honom.

-Man har väl en del dolda talanger, svarade Scotten och kramade om Lisa samtidigt som han lyfte henne från golvet.

-Försiktigt, tänk på att det bara är några månader kvar, gör du så där kanske vi får barn före jul, sade hon.

-Menar du att det kan påverkas på det viset, det hade jag inte en aning om, svarade han och släppte genast ner henne.

-Vad är det Knasen har på nosen, han ser ju alldeles rödrosa ut! undrade Lisa förfärat.

-Det är nog inget att oroa sig för. Jag råkade tappa en tekaka med rödbetssallad och köttbullar på golvet. Tyvärr hamnade den upp och ner och innan jag hann ta upp den, så var katten där och tuggade i sig alltihop, förklarade Scotten.

-Jaha, det var ju tur att det inte var något värre, jag blev faktiskt ganska orolig, berättade hon.

-Varsågod och sätt dig, så häller jag upp en öl till dig. Den är alkoholfri, ska bli intressant att höra vad du tycker att den smakar, fortsatte han.

-Till sådana här fina smörgåsar säger ju alla att det är lämpligast med öl till, men jag har aldrig varit speciellt förtjust i det över huvud taget. Men det är klart jag ska testa nu när du fixat allt så fint! Jag dricker ju inget med alkohol i sedan några månader, så det kunde inte passat bättre, svarade Lisa förtjust.

-Kul att du vill prova. Vill du att vi åker till Ikea på söndag istället, nu när du får rycka in och jobba imorgon? undrade Scotten medan han öppnade hennes ölflaska.

-Ja, det kan vi göra, för det är alltid skönt att vara förberedd. Jag ser att du hunnit städa lägenheten, det var bra för det behövdes verkligen. Vad har du för planer imorgon? frågade hon samtidigt som Scottens telefon ringde.

-Bäst jag tar det här samtalet. Det är morsan och jag vet att det egentligen är min tur att höra av mig, men det har bara inte blivit av, förklarade Scotten och tryckte på grön lur.

-Gör det du, jag känner att jag måste gå på toaletten, så det gör inget, sade Lisa och reste sig.

-Maria hälsade till dig, sade han när hon kom tillbaka.

-Tack, har ni redan pratat färdigt? undrade Lisa.

-Ja, hon ville bara bjuda oss på lunch imorgon för min farbror Joakim var visst på besök och ville att vi skulle träffas, svarade han.

-Så synd att jag inte kan hänga med för att jag jobbar. Jag antar att lille Jonathan är med också, fortsatte Lisa innan hon smuttade på ölen.

-Ja, det är lite tråkigt att du inte kan hänga med. Jo, vad jag förstod så var hela familjen på besök, även blodhunden Henrik, svarade Scotten.

-Jag bara måste träffa Jonathan och även din ingifta faster Louise! Inte minst för att jag har en massa frågor om sista tiden i graviditeten, men också vad man bör tänka på när barnet är nyfött, fortsatte hon.

-Får väl sticka dit imorgon kväll också då, det går säkert att lösa, svarade han lugnt.

-Deras lille son måste väl snart vara tio månader. Undrar om han börjat gå redan? frågade Lisa.

-Jag har tyvärr rätt så dålig kontroll på både ålder och om han kryper fortfarande. Men det får vi säkert reda på imorgon, svarade Scotten innan han sköljde ner mackan med en klunk kall öl.

-Påminn mig att jag ska höra av mig till Ebba sedan, för vi ska ta en uppfriskande promenad någon gång under helgen. Först ville min chef att jag skulle jobba på lördag, det var vad hon sade i måndags. Men sedan tog hon bort skiftet, för att idag komma igen och säga att jag måste arbeta imorgon. Jag har faktiskt lite svårt för att ställa om mig när chefen håller på så där, även om jag förstår att hon inte gör det med flit, utan att det finns någon anledning till det, sade Lisa.

-Det kanske ni kan göra på söndag innan vi åker till Ikea, för då är vi ju inte inbokade på något, föreslog Scotten.

-Ja, det är bara då som det kan fungera. Visst är det trevligt att hela tiden ha något att syssla med, grejen är bara den att helgerna på så vis blir grymt korta, spekulerade hon.

Scotten nickade instämmande utan att säga något, för han hade munnen full.

- - - - -

När Jesper, Linn och Leila började ventilera vad som framkommit under samtalen om drogerna på skolan, började en del saker framkomma allt tydligare. Det rådde inte längre någon tvekan om att det var minst två anställda på skolan som var involverade i knarkaffärerna. De hade ännu inga namn på vilka det rörde sig om, men förmodligen var det nu bara en tidsfråga innan de hade det. Möjligtvis kunde det vara timvikarier och det var något som oroade Jesper, för då var risken stor att personerna fyllde upp sin arbetstid på andra skolor. Om så var fallet, kunde mycket väl härvan växa sig ännu större.

-Jag funderar på hur vi ska få fram vilka det är. De elever som redan vet det, vågar ju inte säga ett knyst, sade Leila.

-Jag ser till att vi får prata enskilt med varje lärare. På det viset är nog chansen ganska stor att vi får fram vilka det är. Även om de inte är säkra på sina antaganden, får vi i vart fall fram vilka vi ska undersöka närmare. Det är bara att tala om för dem att de begår ett allvarligt lagbrott om de håller inne med uppgifter som skyddar brottslig verksamhet, svarade deras chef.

-Menar du att de är beredda att ange någon av sina kollegor, är det inte troligare att de försöker att skydda varandra? undrade Leila medan Linn nickade instämmande, dock utan att säga något.

-Det beror på hur vi lägger upp utfrågningen. Trycker vi på rejält från början så att de verkligen förstår hur allvarligt det här är, så öppnar de sig snart. Det är ju för tusan några av de värsta och vidrigaste brott man kan utsättas för i den åldern som skoleleverna nu befinner sig i, fortsatte Jesper med skärpa i tonen.

-Jo, du har säkert rätt i att det går att få fram de skyldiga på det viset. Vilka börjar vi med, de fast anställda eller vikarierna? frågade Leila vidare.

-Vi tar de fasta först, kommer det inte fram då att det är någon bland dem, lär de snabbt peka ut vilka som betett sig misstänkt, förklarade deras chef.

-När drar vi igång förhören, räcker det nästa vecka? frågade Leila.

-Du kan kontakta rektorn nu och klara ut att vi önskar disponera ett rum på skolan före klockan tolv på måndag i nästa vecka. Tills dess får han se till att vi får en lista på de fast anställda och att vi kräver ett förhör med alla, på cirka tjugo minuter var. På det viset hinner vi med tjugofyra lärare på en halv dag. Är det fler som jobbar där, får vi ta förmiddagen på tisdag i anspråk med, berättade Jesper bestämt.

-Jag ringer rektorn på en gång, så vi kan få svar om allt går att lösa tills dess, svarade Leila.

Några minuter senare hade hon fått klartecken på allt och rektorn hade lovat att vara behjälplig på alla sätt, för skolan skulle absolut bli drogfri snarast, allt annat var oacceptabelt.

-Perfekt, då tar vi helg nu Leila, så drar vi igång på skolan på måndag. Linn, du är kvar på kontoret i eftermiddag. Hör av dig till mig om det dyker upp något speciellt, sade deras chef.

-Tror du Lisbeth får fram mer om vem mördaren är till början på nästa vecka, eller hur lång tid brukar det ta? frågade Linn.

-Även om de jobbar med det dygnet runt, så kan det dröja lite. Vi får se hur läget är på måndag, för av två viktiga fall går mordutredningen först, svarade Jesper.

- - - - -

Kapitel 12

Scotten skickade ett sms till sin mamma Maria, där han undrade om det passade att han dök upp hos dem runt elva på lördag förmiddag. På det viset skulle han efter att han käkat frukost med Lisa innan hon började jobba, även hinna med att fixa bilen. Det han tänkte göra med den, var att först tvätta av all smuts och sedan gärna få på ett lager vax så att den bättre stod emot bland annat vägsalt. Hur många gånger han hjälpt sin pappa Henrik med detta, hade han tappat räkningen på, men det var egentligen en syssla som han tyckte var helt okej att utföra. Mycket berodde det säkert på att man så snabbt såg stor skillnad på lacken om alla moment utfördes rätt. Vilka medel som skulle användas hade han också lärt sig och precis som vid jämförbara arbeten, så var inte alltid de dyraste grejerna de som fungerade bäst. I sina tankar såg han sin bil framför sig, i ett skick som om den nyligen levererats från fabriken, trots att den var några år.

Till svar fick han bara en tummen upp, förmodligen för att hon var rejält upptagen med något. Om det var för att hon bytte blöja på Jonathan eller något annat visste han inte och det kändes ganska oväsentligt.

Lisa hade efter att de ätit och druckit ur varsin öl, gått och lagt sig för natten. Särskilt en molande värk i benen gjorde att hon helst ville hamna i horisontalläge så snart som möjligt, hade hon förklarat. För att det skulle bli ännu bättre, hade Scotten sett att hon de senaste nätterna lagt upp sina fötter på en tjock kudde, vilket tydligen en barnmorska rekommenderat.

Han själv kände sig inte riktigt så trött att han var redo för att sova, men gick ändå och lade sig. Dels för att det inte fanns så mycket annat att ta sig för, utan att det skulle innebära att han höll Lisa vaken. Det andra var, att i kroppen var han ganska slutkörd. Det var mest hjärnan som fortfarande gick på högvarv beroende på att så mycket hänt den senaste tiden. Innan Scotten somnade, försökte han sätta sig in i hur det skulle vara om några månader när Lisa fött. Vad han rent allmänt hade hört, var att det var en obeskrivlig och fantastisk upplevelse som var tvunget att upplevas för att få veta vad det innebar. Samtidigt anade han att det kunde bli hur jobbigt som helst, inte bara för att sömnbehovet sällan uppfylldes, utan även för att mycket oro och ovisshet väntade dem. Lisa och han skulle ha ansvaret för ett barn och för väldigt lång tid framöver skulle det gå före allt annat. Att i alla lägen handla så rätt det bara gick, var en utmaning större än han någonsin utsatts för tidigare. Tanken på att många han kände ändå lyckats med det mesta när de blivit föräldrar, lugnade honom lite. En stund senare sov han tillsammans med Lisa och Knasen som spann välmående.

Flera timmar senare hörde han Lisas larm ljuda långt borta.

Ofta brukade han vara totalt utschasad när det var dags att stiga upp, men för en gångs skull var han utvilad! Om det berodde på att det var en timme senare nu som han skulle gå upp än vanligtvis, var möjligt. Att det istället berodde på att han egentligen själv inte hade en tid på jobbet att passa, var också tänkbart.

-Det är dags att stiga upp nu! sade han till Lisa samtidigt som han dängde till henne med sin kudde.

-Jag vet, men det är så skönt att dra sig en stund. Kan inte du gå upp och göra frukost så länge så kommer jag upp om en stund? föreslog hon.

-Det är bättre om du tar en dusch direkt, annars lär du somna om och sedan får du jäkta som tusan för att hinna till arbetet, svarade Scotten innan han på nytt slängde sin kudde på henne.

-Du ska få igen för det där! svarade Lisa surt och skickade tillbaka kudden. Vid det här laget insåg hon att det inte fanns några andra alternativ som höll, utan det var bara till att lämna den sköna sängvärmen. Den enda som inte behövde bry sig om uppstigningstider var Knasen, för han låg lugnt kvar med slutna ögon.

-Jag fixar en kanna starkt kaffe så att du vaknar ordentligt. Jag kan köra dig till jobbet, för bilvårdshallen väntar på mig och bilen sedan, berättade Scotten medan Lisa gick och duschade.

-Hämtar du mig efteråt också, för du kommer väl ihåg att jag vill träffa Jonathan? frågade hon när hon kom från badrummet.

-Ja, det är inga problem. Jag är väl där från elva och ett tag framöver, men vi kan säkert åka dit så du får träffa honom. Förmodligen är han vaken åtminstone till framåt artontiden, spekulerade han.

-Ja, det borde han väl vara. Visserligen vet jag att små barn sover mycket, men jag tror det är när de är ännu mindre, svarade hon.

-Fy fasen vilket skitväder det är, jag tror inte att jag sett solen ordentligt på flera veckor! utbrast Scotten när han tittade ut genom köksfönstret.

-Nej, den har nog inte visat sig på väldigt länge känns det som. Men det är ju så här det brukar vara varje år den här årstiden. Om drygt en månad vänder det och blir ljusare, svarade Lisa innan hon smuttade på det varma kaffet.

-Jag fattar ärligt talat inte hur folk står ut i det här! Inte nog med att det aldrig är ljust, dessutom kvittar det ju vad man klär på sig, för man fryser ju i vart fall, fortsatte Scotten uppgivet.

-Du får inte förglömma att du ändå fått det rätt bra nu. Du har faktiskt köpt en bil som du slipper frysa i, svarade hon.

-Det har du visserligen helt rätt i, men du förstår vad jag menar. Tänk så jäkla skönt det skulle var att kunna sticka till ett varmare land ett par veckor, sade han.

-Jag läste i en blogg, att en nyckel till lycka, var att man inte skulle drömma för mycket på sådana saker man inte hade eller knappast kunde uppnå. Istället bör man vara tacksam för det man har och glädjas åt det! Förmodligen något du borde tänka på! Förresten, följer du någon blogg så du kan få lite goda råd ibland? undrade Lisa och skrattade.

-Nej, sådan där skit har jag aldrig ägnat mig åt och har inga planer på att göra det heller! Jag begriper inte hur fasen folk har tid att sitta och glo på sådant där över huvud taget, forsatte Scotten irriterat.

-De som hänger med i bloggar lägger nog inte mer tid på det, än vad du gör på att spana in bilannonser. Nu kanske du har slutat, men hur såg det ut innan du köpte bilen? frågade Lisa.

-Ja, men så kan man ju inte jämföra! Det jag höll på med var ju viktigt och intressant till skillnad mot det du pratar om. Hur som helst, oavsett att vi tycker olika så är det nog hög tid att vi åker nu, så att du hinner till jobbet i tid, sade Scotten.

-Ja, jäklar vad klockan går! Vi måste sticka direkt! sade Lisa och ställde ifrån sig den halvt urdruckna muggen.

-Jag är färdig så jag kan hämta bilen och plocka upp dig vid utgången om tre minuter. Hinner du det? frågade Scotten och drog på sig sina kläder.

-Jag ska försöka, på samma gång är det inte hela världen om jag skulle komma någon minut för sent. Nu när graviditeten är så pass långt gången, ska jag nog passa mig för att jäkta, förklarade hon.

-Jag förstår vad du menar och visst har du rätt i det. Ta det lugnt ner för trapporna så att du inte snubblar, fortsatte Scotten medan han gick ut genom deras lägenhetsdörr.

-Jag kommer vara precis i tid tills jag börjar, perfekt! konstaterade Lisa när hon satt sig i bilen och Scotten började köra.

-Det ser så ut och det är ju bra! Då kommer jag och hämtar dig när du slutar, sade Scotten.

-Schysst, och förklara nu för Louise att jag gärna vill prata med henne och träffa Jonathan, berättade hon.

-Ja, det har du redan sagt! Jag har bra minne så det räcker om du talar om en sak för mig en gång, så kommer jag ihåg det, förklarade Scotten.

-Det kan väl råda delade meningar om hur det är med ditt kom ihåg. Du har ju för fasen precis glömt bort att du ska släppa av mig vid jobbet! Nu får du backa eller köra runt kvarteret, sade Lisa och garvade.

-Det är ju för att du sitter och tjatar hela tiden, annars hade jag aldrig glömt det! sade Scotten generat.

-Jag kan skicka ett sms att du ska hämta mig efter jobbet sedan älskling! fortsatte hon med ett brett leende.

-Gör som du vill sötnos, nu ska jag i alla fall åka och tvätta bilen, svarade Scotten som inte kunde hålla sig för skratt åt sin senaste tavla.

Några minuter senare hade han hyrt en hall i två timmar för att göra i ordning sin bil. Det var någonstans mellan sexton och arton grader i lokalen, vilket Scotten tyckte var alldeles förträffligt. Det var lagom för att kunna hålla igång själv utan att frysa, samtidigt som rengöringsmedel och bilvax fungerade så bra att han blev överraskad av resultatet.

Scotten anade att det inte skulle dröja många minuter ute i ruskvädret innan bilen såg nästan likadan ut som tidigare, men nu hade han i vart fall fått bort den gamla smutsen som grott fast. Dessutom stod den emot all smörja som den utsattes för, resonerade han medan han backade ut från hallen.

Vid en blick på klockan i bilen, såg han att det var fem minuter kvar innan den var elva.

Sista halvtimmen hade han blivit svettig om ryggen av att ha polerat Volvon så noggrant han bara kunde. Först tänkte han struntat i det och åkt till föräldrarna direkt, men ångrade sig tämligen omgående.

-Jag får väl komma en kvart senare, för det är läge för en ren T-shirt, sade Scotten för sig själv och rattade hem för en snabbvisit. När han kom in i lägenheten, såg han att Knasen nu lagt sig på soffan i TV-rummet. När katten hörde att Scotten var hemma gick han till köket för att få något att äta. Om han redan fått mat på morgonen visste Scotten inte, men för säkerhets skull fyllde han på matskålen med torrfoder. Med en torr tröja på sig, satte han sig i bilen igen för att åka. Avståndet var förvisso inte längre än att han kunnat gå eller cykla, men det fick bli bilen. Mest beroende på att han skulle hämta Lisa lite senare, intalade han sig själv. Den inre rösten som sade honom att han redan blivit bekväm och lat, sopade han bort med en gång för det var en obekväm tanke.

-Tjena Scotten, fin bil ni skaffat er! ropade hans farbror Joakim när han stannade på föräldrarnas garageinfart.

-Tackar, det var snällt sagt. Hur kommer det sig att du ute i det här ruggiga vädret? frågade han.

-Jag är ute med Henrik, för tyvärr har det konstaterats att Jonathan är allergisk mot hundar. Det känns så otroligt tråkigt att vi måste göra oss av med hunden, men vi har inget val, berättade hans farbror.

-Men ni kan väl inte stå ute och frysa hela tiden, jag menar, räcker det inte om ni är i olika rum, spekulerade han.

-Bättre blir det ju, men helt symptomfri är han inte då heller. Det värsta är att vi gärna vill att Henrik ska få ett nytt hem där han trivs. Gärna en barnfamilj, för han gillar verkligen ungar. Helst hade vi lämnat honom till några som vi känner och som vi på så sätt kunde träffa ibland för att hålla kontakten med hunden, förklarade Joakim.

-Ja, det är klart att det är väl kanske inte så

lätt att hitta, svarade Scotten eftertänksamt.

-Nej, det är det minsann inte, men på något sätt känner jag på mig att det löser sig. Nu går vi in, för Louise höll på att söva pojken i resesängen uppe i gästrummet, svarade han hoppfullt.

-Visst, det gör vi. Nu ska det bli jäkligt gott med kaffe, sade Scotten och följde med in.

Hans pappa såg en aning förbryllad ut när han såg Scottens nya bil. Visst gratulerade han till affären, men det var precis som om han anade att den varit lite för dyr för sonens ekonomi. Dock sade han inget, vilket Scotten var tacksam för.

Efter fika, middag och en massa snack, såg han att det var dags att hämta Lisa. Lagom tills de kom tillbaka, hade Jonathan vaknat och kröp runt och försökte ställa sig upp och dra ner allt han kom åt.

Återigen dök tankarna upp hos honom, att om ungefär ett år hade Lisa och han ett liknande underverk som då gjorde liknande saker! Omställningen mot det liv de hade idag var nog enorm, föreställde sig Scotten.

-Vilka vill hänga med ut på en promenad innan kvällsbuffén? frågade Joakim.

-Jag kan följa med, svarade Scotten direkt, inte minst för att han tyckte att det kändes lite spänt mellan honom och föräldrarna. Om det berodde på dispyten de haft när han kopplat bort telefonen, visste han inte. Men något var det och därmed kändes det skönt att komma därifrån ett tag. Hade han fått välja, kunde gärna han och Lisa åkt hem för en lugn myskväll men det förstod han, var uteslutet. Nu när hon äntligen träffat Louise så ville hon pumpa henne på all möjlig information samt vara med den lille pojken.

-Ta det här, sade Joakim och gav kopplet till Scotten när de kom utanför dörren. Det måste väl kännas skönt att ha koppel på Henrik! fortsatte Joakim som inte undgått att det varit en viss spänning mellan hans bror och brorson.

-Visst, det är ju rena drömmen! Hade det varit en viss annan Henrik hade jag föredragit ett ordentligt strypkoppel, men till den här lugna blodhunden verkar det knappt behövas en sytråd, så lydigt som han går, sade Scotten och log.

-Jaså, säger du det? Det ska du veta, att om Henrik verkligen hittar någon han vill sätta på, då går det åt rejäla doningar för att hindra det, svarade Joakim och garvade.

-Jaha, det är faktiskt svårt att tro nu, men på samma gång är det väl ett rätt så naturligt friskhetstecken, sade Scotten.

-Om du och Lisa vill överta Henrik skulle vi bli överlyckliga! Du kan väl prata med Lisa om det och fundera på det, fortsatte farbrodern.

-Jag skulle absolut inte ha något emot det, men jag undrar hur det går med hunden och Lisas katt, förklarade Scotten.

-Det är bara att prova. Jag vet faktiskt inte om Henrik gillar katter men det är möjligt att Louise vet, sade Joakim.

-Kanske kan fråga henne sedan. Det ska bli intressant att höra vad Lisa anser om att adoptera Henrik, jag har faktiskt inte en aning om vad hon kommer att säga om det, svarade Scotten.

-Om det är aktuellt får ni väldigt gärna prova ett tag för att se om det är något för er. Skulle det inte gå, så har vi egentligen ingen annan vi känner som är aktuell, berättade farbrodern.

-Henrik är helt klart väldigt sällskaplig, så hänger det sig på något så är det förmodligen på grund av Knasen. Förresten, kräver hunden också att den ska få ligga på en egen kudde mellan er när ni sover? frågade Scotten.

-Nej, som väl är gör han inte det. Den enda olaten han har på nätterna är att han snarkar, så därför får han sova ute i hallen, förklarade Joakim.

-Lisa är visserligen van vid att jag snarkar, särskilt om jag druckit lite sprit. Tur att hon inte slänger ut mig i hallen för det, svarade Scotten och skrattade.

-Om hon ändå är van vid oljud på natten kanske det går fint att Henrik ligger nedanför er säng, sade han.

-Nej, men de få gånger jag inte är hemma samtidigt som Lisa, brukar hon säga att hon är rädd för att någon ska komma in i vår lägenhet. Är Henrik en bra vakthund tror du? undrade Scotten.

-Då har ni nog fått en riktig trotjänare om ni tar över blodhunden. Normalt sett är det världens snällaste jycke, men skulle det vara någon obehörig som försöker tränga sig in, skyr han inga medel för att angripa förövaren. Dock vet jag inte vad han gör om någon mutar honom med något gott att tugga på, förklarade Joakim innan de gick hemåt igen.

- - - - -

Kapitel 13

Leila fick nästan panik av att inte få något vettigt gjort, trots att hon gått av sitt arbete ett helt dygn tidigare. Visserligen hade det delvis sin förklaring i att hon fått sin normala nattsömn halverad mellan torsdag och fredag, men ändå. Med sin ringa ålder undrade Leila hur det skulle kännas när hon om drygt trettio år hade passerat sextio och förmodligen hade upp till tio år kvar att arbeta. Det var inte det att det saknades grejer som behövde göras, tvärtom. Lägenheten behövde städas ordentligt, tvättkorgen var full och och frysen var i det närmaste tom, men inget av det lockade. Det var som om hon var i behov av en rejäl energikick för att orka ta tag i alla måsten, men hur hon skulle få den var oklart.

-Vi kan sticka och kolla på en lägenhet där det är visning idag om en halvtimme. Den ligger vid hamnen och utgångsbudet är visst fyra miljoner, föreslog Petter som läst av Leilas rastlösa tillstånd.

-Ja, visst kan vi göra det, men jag fattar inte vad det ska vara bra för egentligen. Vi har ju absolut inte de pengarna att satsa på en ny lägenhet, svarade hon.

-Det vet jag mycket väl också att vi saknar, men går vi dit kanske vi uppskattar vårt nuvarande boende och kommer fram till att vi inte ska flytta, fortsatte han.

-Lite invecklad tanke du har där, men jag tror att jag hänger med. Faktum är dock att det hela ju kan bli precis tvärtom. Om vi nu går på visningen och upptäcker att det är där vi vill fortsätta leva, så blir det genast problem. I det läget måste vi försöka få ett enormt lån som vi med all säkerhet aldrig kommer att kunna betala tillbaka, resonerade Leila fundersamt.

-Ja, så kan det förstås bli, men det är ju spännande i så fall. Erkänn att du gärna vill vakna bara en liten bit från havet och känna morgonsolen från öster värma i ansiktet, samtidigt som morgonbrisen sprider en härlig doft av saltvatten, eller åtminstone bräckt vatten, fortsatte Petter lyriskt.

-Fasen, du borde blivit mäklare för du snackar exakt som en sådan! utbrast hon och log.

-Om vi nu inte gillar lägenheten, så kunde det väl alltid vara roligt att se vad det är för folk som är beredda att satsa en hel förmögenhet på att bosätta sig där. Tänk om det är någon vi känner, bara det kunde vara värt att få se, förklarade han.

-Ja, okej vi går väl då, även om det med all säkerhet bara är knösar som är där. Måste jag byta till något snyggare eller kan man komma dit i ett par vanliga jeans? undrade Liela.

-Först tänkte jag sagt att det gick bra, men då begriper ju alla att vi definitivt inte har där att göra. Visst vore det kul att klä upp sig istället och få dem att tro att vi tänker slåss i budgivningen! svarade Petter.

-En inre röst säger mig att vi ska göra som du föreslår, den talar också om att det är läge att köpa en trisslott! Frågan är bara, om vi ska köpa den på vägen dit eller hem, spekulerade Leila och skrattade.

-Jag tycker att vi köper den när vi varit där, för då kan vi fortfarande tro att det är möjligt att vinna, sade han.

-Hela idèn är ju knasig, men jag kan inte förneka att det

ska bli jäkligt kul, svarade hon och tog på sig en dress.
-Den där blir perfekt under din korta kappa! Själv tar jag
skjorta och slips för alltid retar det någon, sade han.
-Förmodligen har du rätt i det! Jag är färdig att gå nu,
berättade Leila när hon fått på sig sina nya stövletter.

- - - - -

-Eftersom jag är schysst och kör till Ikea imorgon, så kan
väl du gå med på att vi adopterar Henrik, föreslog
Scotten.
-Ha, ja det var ju också en idè! Jag kan hålla med om att
det låter trevligt, men har du glömt att Knasen kanske
inte går med på det? frågade Lisa och skrattade.
-Joakim säger att de måste göra sig av med honom, så
det kostar väl inget att prova hur det går. Själv är jag
faktiskt tveksam, men jag tycker att vi kan testa, fortsatte
han.
-Jag hade en tjejkompis som hade en blodhund och jag
vet att den behövde ganska mycket motion. På ett sätt
vore det ju bra för dig då, för om du ska åka bil till jobbet
varje dag så lär du ju behöva röra dig både morgon och
kväll för att inte bli smällfet, påpekade Lisa och garvade.
-Jag har bara tänkt åka bil till mitt arbete om det regnar,
annars är det cykel som gäller för mig, det vet du att jag
har sagt, svarade Scotten. Först tänkte han sagt att Lisa
kanske också behövde lite motion, men fann det lugnast
i att inget säga, särskilt nu när hon var gravid och
ganska lättstött.
-Louise har bjudit upp oss till Stockholm om fjorton
dagar, för vi ska faktiskt få låna en del saker till barnet vi
väntar, som de inte behöver längre.

Med andra ord kan vi prova ett par veckor om det fungerar. Gör det inte det, så får vi väl helt enkelt ta med Henrik när vi hälsar på. Jag känner att det mesta hänger på Knasen om han accepterar honom. Det är möjligt han blir glad för att få en kompis hemma om dagarna, men det kan lika gärna bli tvärtom, förklarade hon.

-Precis min tanke. Om Joakim kommer över till oss när vi varit på Ikea i morgon, så tar vi en snabbtest och ser om det fungerar. Är det alldeles tvärstopp finns det ingen anledning att försöka ett par veckor ens, utan då får Henrik helt enkelt följa med Joakim direkt, sade Scotten.

-Okej, så kan vi göra. Nu ser jag att Maria vill ha lite hjälp med att duka fram buffèn. Sedan behöver jag åka hem och sova för jag är trött efter en hetsig arbetsdag, förklarade Lisa och reste sig för att gå mot köket.

Ett par timmar senare åkte de proppmätta hemåt. Själv tänkte hon mycket på vad hon fått veta om Jonathan av Louise. På Scotten såg hon också att hjärncellerna arbetade för högtryck. Lisa antog att det antingen var bilen eller Henrik som avhandlades i huvudet på honom och knappast spjälsängar och skötbord. Men hur som helst hade hon ju fått honom att köra till Ikea i Linköping vilket var en bedrift, eftersom hon visste att han verkligen hatade att gå och titta på möbler.

-Jag ser att du är trött, vill du ha något innan du går och lägger dig? frågade han när de kom innanför dörren.

-Faktum är att det skulle sitta fint med en kopp kaffe. Maten vi fick var utomordentligt god, men jag blev väldigt törstig efteråt, förklarade Lisa.

-Ja, dessutom var det varmt därinne för att vi var rätt

många i det lilla matrummet, det kan nog också ha påverkat en del, tillade Scotten.

-Så kan det nog vara. Skulle vi få med allt till Henrik imorgon, jag tänker på mat och allt som hör till? frågade hon medan hon lade sig i soffan med sina fötter på en kudde.

-Det verkar som de hade med sig det mesta. Henrik har faktiskt en egen necessär med allt från tandborste till schampo med sig när de åker någonstans och ska stanna ett tag! svarade han och garvade.

-Ojdå, det är ju mer än vad jag behöver ha till Knasen för han sköter ju allt sådant där själv, sade hon.

-Vill du bara ha en slät kopp eller ska det vara någonting till? ropade Scotten från köket när bryggen puttrat färdigt.

-Visserligen är det lördagskväll och då brukar man ta något extra, men jag åt så mycket förut att jag inte får ner ett dugg till, förklarade hon.

-Jag tar en liten konjak till, för en gångs skull. Man vill ju fira att vi har fått tag på en fin bil, förklarade han och hällde upp.

-Har du tänkt på hur många kalorier konjak innehåller? undrade Lisa.

-Nej, den tanken har aldrig slagit mig. Det enda jag vet är att det sitter fint med en fyra till kaffet, svarade Scotten med en suck.

-Den där är det lätt hundra kalorier i, så vi får hoppas att Henrik får motionera dig ordentligt sedan, sade hon.

-Så sällan som jag dricker konjak så tror jag inte att det har någon större betydelse, sade Scotten. Först tänkte han sagt att hon som gillade öl minsann också borde passa sig, men avstod. Mest för att han själv också var väldigt svag för en kall öl ibland. Eller helst flera, om han fick välja. Innan Lisa ens druckit upp, såg han att hon somnat i soffan. Efter att han burit in henne till sovrummet och lagt henne jämte Knasen, gick han tillbaka och tömde sin kopp samt konjakskupan. Plötsligt kom tanken upp på personen han loskat i kalufsen nyligen. Det var något obehagligt och otrevligt som dök upp samtidigt, men han kunde inte riktigt komma på vad det rörde sig om. Förmodligen hade han aldrig träffat mannen tidigare, men ju mer han tänkte på honom, desto mer osäker blev han. Det var sällsynt att han grunnade på sådant som var tillsynes obetydligt och vid det här laget blivit historia. På något oförklarligt sätt bet sig dock den här händelsen fast och han kunde inte riktigt släppa den. Efter en konjak till, borstade han tänderna och gick till sängs han med.

- - - - -

Leila fnös lite åt sig själv när hon tänkte tillbaka på eftermiddagen. Hur hon kunde ha varit så naiv att hon på allvar trott att de skulle vinna något på trisslotten, var bara för mycket. På något sätt hade ändå lägenhetsvisningen de varit på, blivit lyckad. Inte för att hon på något vis kände sig hemma bland snobbarna som var där, utan för att det på något sätt visat hur olika människor det fanns. Det hade märkts tydligt på många spekulanter att de försökte köpa sig lyckliga. På ytan verkade de flesta vilja visa att det var härligt att vara rik, men under ytan anade hon att de absolut inte var fria från en massa problem de heller.

Det som gjort att eftermiddagen känts helt okej var att hon nu fått energi till att klara av allt som behövde göras. Efter att tvättmaskinen blivit påsatt började hon göra matlådor samtidigt som hon sade till Petter att städa. Några timmar senare var de färdiga och satte sig vid matbordet för att dela på en hemmagjord pizza och varsin öl.

-Jag kände faktiskt inte igen någon på visningen, gjorde du det? frågade hon.

-Jo, visst har jag sett över hälften tidigare. Det var gräddan i Nyköping, med andra ord politiker och direktörer, förklarade Petter.

-Jaha, det kan jag tro. Jag tyckte faktiskt att de tittade på dig, precis som om de kände igen dig från ditt arbete som journalist, svarade hon.

-Ja, det var nog en del av dem som undrade vad jag hade där att göra. De anade förmodligen att jag aldrig skulle ha råd att bosätta mig där, så istället trodde de kanske att jag kommit dit för att på något sätt kontrollera dem, jag vet inte, förklarade Petter.

-Men hur väl känner du dem, jag menar är ni vänner eller inte? frågade hon.

-Jag kan väl säga att på något sätt måste jag hålla mig rätt lugn när det gäller att skriva något som inte är positivt för dem, inom vissa ramar. Visst, gör någon rejält klantiga saker så kan jag inte dölja det, men därmed kan jag räkna med att inte få någon direkt information från den personen i fortsättningen. Det går inte att komma ifrån att många av dem är väldigt betydelsefulla för samhället och många gånger kan påverka det. Av det du kan läsa i tidningen, så har säkert över hälften av informationen kommit från pamparna, fortsatte Petter.

-Jaha, men blir det opartiskt då när bara en liten del av befolkningen kommer till tals? undrade Leila skeptiskt.

-Både ja och nej. Beroende på att de sysselsätter övriga så kan man väl med viss rätt påstå att de är mer betydelsefulla. Det går inte heller komma ifrån att de flesta inte har hamnat på en hög position av en tillfällighet, utan ofta fått offra en hel del för att nå dit där de är idag, förklarade han vidare.

-Men det du säger omkullkastar ju snacket om att alla människor är lika mycket värda. Det känns konstigt när det kommer från dig som är journalist. Skulle du våga gå ut offentligt med det här, eller är det något du bara vågar säga till mig? undrade Leila.

-Tja, om jag gick ut med mina åsikter i det här ämnet skulle jag nog bli lynchad av mina kollegor och halva Nyköping åtminstone, bokstavligt talat. I praktiken tror jag att mitt jobb skulle vara i fara.

-Vilket hyckleri, men jag kan inte säga att det är ett smidigt problem att lösa. Hur har du tänkt dig framtiden då, kommer du fortsätta att köra ditt falskspel eller ska du stå upp för dina åsikter? frågade hon.

-Förmodligen blir det väl någon slags balansgång i framtiden också. Förresten tror jag inte att mina åsikter är speciellt extrema med tanke på en undersökning jag läste förra veckan. Där stod det att poliser i ett grannland utsatts för ett hemligt test för att se hur de agerade. Man lät dels en alkoholpåverkad man sitta mitt i gatan i en storstad, för att se om polisen skyndade dit för att undsätta honom. I över nio fall av tio dröjde det över fem minuter innan man gick ut för att hämta honom. När man gjorde om testet med en ung kvinna som påstod att hon tappat sina linser på gatan, så var i alla fall de manliga snutarna ute inom fem sekunder! Det dråpliga var dessutom att om någon kvinnlig polis var med, så kommenderades hon ögonblickligen till att stoppa all trafik, så att inte tjejen skulle bli påkörd. Så visst kan jag hålla med dig om att det finns mycket hyckleri och falskhet i samhället, men tro inte att din yrkeskår utmärker sig åt det bättre hållet, för det gör den sannerligen inte. Men ni liksom vi journalister har ju hela tiden ögonen på er och måste utåt visa att ni är opartiska och behandlar alla lika, för annars blir det ett jäkla liv och jag tror att det mesta faller samman, förklarade Petter.

-Det du säger låter så logiskt och hemskt på samma gång, det är ju helt förskräckligt. Jag har inte läst om testet man gjorde i grannlandet, men har du hittat det på nätet så är det väl bara en tidsfråga innan det publiceras i kvällstidningar och all övrig media också för den delen, svarade Leila och suckade.

-Jag skulle bli förvånad om inte det blir en het potatis för polisen kommande vecka, för sådant här sprids som en löpeld. På samma gång som det är avskyvärt för de flesta att få reda på, så är det ändå just sådana här nyheter som säljer bäst. Du ska veta att alla tester filmats med dold kamera, så det är ingen som hittat på något, förklarade han.

-Men då kan man väl se vilka det är också, hur går det för dem och deras anställningar framöver? undrade hon.

-De har sett till att skyla ansiktena så att det inte går att identifiera dem. Men man ser klart och tydligt att de bär polisuniform, förklarade han.

-Handlar polisen så i ett av våra grannländer, är väl risken stor att de gör likadant i Sverige. Undrar om de tänker genomföra liknande tester här, spekulerade Leila.

-Jag tror personligen inte heller att det skulle vara någon skillnad. Här i landet får man dock inte göra sådana tester utan att man fått ett medgivande, så på den punkten är det lugnt. Det strider nämligen mot den personliga integriteten. Däremot kan ju ingen hindra någon att kolla hur polisen agerar i verkliga livet. Det behövs ju bara att någon får upp sin mobilkamera vid rätt tillfälle, så kommer sanningen fram direkt när det sprids på sociala medier, fortsatte han.

-Jag blir så fruktansvärt trött när jag påminns av hur destruktivt samhället är. Dessutom blir jag hungrig, kan jag ta sista pizzaslicen? frågade Leila.

-Jag är redan mätt, så ta den du, svarade Petter och böjde sig bakåt och klappade sig på magen.

- - - - -

Kapitel 14

Lisa hade precis stigit upp när det plingade till i hennes mobiltelefon. Det var Ebba som skickat ett sms, där hon skrev att hon blivit förkyld och därför inte ville gå någon promenad med henne på morgonen. Lite besviken skrev Lisa att hon fick krya på sig och satte sig på en köksstol och funderade. Helt plötsligt hade hon fått drygt en timme som hon inte riktigt visste vad hon skulle göra med. Klockan hade passerat sju och det var söndag morgon vilket inte gjorde valet lättare. Inne i sovrummet hörde hon att Scotten och Knasen sov, men hon ville inte själv gå och lägga sig igen, för det var hon för rastlös för. Tidigast nio var det egentligen dags att åka till Linköping och som ett sista alternativ var det till att väcka Scotten och föreslå att han följde med ut en sväng, för att gå själv var hon inte road av.

-Godmorgon älskling! Nu är det läge för dig att börja träna! sade hon käckt och drog bort hans kudde.

-Tusan, det kan väl knappast vara morgon redan! Du säger att jag behöver träna, vad menar du med det? undrade Scotten yrvaket.

-Om du ska bli en ansvarsfull hundägare så måste du ju ta ansvar för hunden och motionera den redan på morgonen, även om det är en söndag. Därför passar det fint att öva det redan nu, så slipper jag gå ensam för din syster har nämligen blivit sjuk, förklarade Lisa hurtigt.

-Inte nog med att vi ska till Ikea idag, så tvingar du upp mig mitt i natten för att ut och gå! Nåja, dagen är ju ändå redan förstörd, så det är väl bara att kliva upp, svarade han och suckade tungt.

-Så ska det låta! Som belöning för att du hänger med, kan du få bjuda mig på lunch när vi gått igenom alla avdelningar. De har faktiskt riktigt god mat där, särskilt på helgerna, fortsatte hon samtidigt som hon tände taklampan.

-Ska vi verkligen besöka alla avdelningar? jag trodde det räckte att gå direkt till lagret och hämta det vi måste ha, svarade Scotten förvånat.

-När vi för en gångs skull åker dit, så vill jag titta i lugn och ro på allt de har. Det har jag sett fram emot länge och det ska bli fantastiskt kul! fortsatte hon medan hon började bädda.

-Du får inte glömma att Joakim kommer hit med Henrik runt fyra i eftermiddag, så tills dess tog jag för givet att vi skulle vara hemma med god marginal, sade han.

-Då får vi gå med en gång nu, äta frukost och duscha när vi kommer tillbaka, för att kunna hänga på låset när de öppnar klockan tio. Skulle vi märka att tiden rinner iväg får vi helt enkelt ringa Joakim och be honom komma ett par timmar senare, föreslog Lisa bestämt.

-Shit på riktigt, det här blir en jobbig dag, jag längtar tills det blir måndag, mumlade Scotten för sig själv.

-Sade du något sötnos? undrade hon.

-Tänk att det är måndag imorgon igen, tiden går så fort, sade jag, fortsatte han.

-Ja, det är superskönt! Eftersom jag jobbade igår så är jag ledig imorgon och kan då efter en härlig sovmorgon pimpa lägenheten med allt jag ska köpa idag, svarade Lisa helt överlycklig.

Ute hade det inte ljusnat och frågan var om det

över huvud taget skulle göra det på hela dagen. Från skyn kom en fin film av fukt som med vindens hjälp gjorde att de flesta föredragit sängvärmen istället för att gå ut och jaga kalorier. Lisa lyste dock som en sol, för trots att inte Ebba var frisk nog att gå med henne, så kom hon ju ut ändå nu, fast med Scotten. Visserligen hade han ett i det närmaste obefintligt intresse för heminredning, vilket Ebba däremot begåvats med. För att slippa se hans öron sloka totalt, tänkte hon istället inleda snacket om de behövde köpa något till bilen.

-Måste vi skaffa en hundbur till Volvon, eller är det inte något man måste ha? frågade hon.

-Jag grunnade på det inatt och kom fram till att vi förmodligen kan överta deras bur, för den har de ju ingen användning för. Deras bil är ju inte större, så den borde gå in i vår V 60, förklarade han.

-Så bra då. Du får väl fundera på om det är något annat vi behöver, för gubbdagis ligger inte långt därifrån, föreslog hon.

-Vad är det för något och förresten, när blev jag en gubbe? frågade Scotten

-Alla töntiga biltillbehörsfirmor ligger bara ett stenkast därifrån, så dit brukar alla karlar smita om de får möjlighet, berättade Lisa och skrattade.

-Jaha, ligger de så nära, då kanske man kan se efter lite om de har något intressant, svarade han och såg genast några snäpp ljusare på tillvaron.

-Det märks ju mot slutet om det blir tid för det. Ska vi gå ner till hamnen, så får vi medvind när vi går tillbaka? frågade Lisa.

-Jo, det kan vi göra, svarade Scotten. Inom sig

undrade han om Lisa tagit några piller som gjorde att hon kunde se något positivt i allt elände. "Att gå till hamnen för att få medvind hem" var ju bara det ett tydligt tecken på att hon tagit något uppåttjack.

-Hittills har vi mött tre hundägare, det verkar som om alla andra sover, konstaterade Lisa.

-Ja, det är ju en tankeställare om man ska skaffa hund. Det är visserligen känt att hundägare håller sig friskare på grund av att de är ute i friska luften så mycket mer, men det blir helt klart en utmaning att tvinga sig ut varenda morgon oavsett vad det är för väder, spekulerade han.

-Helt klart är det så, men det är ju inte säkert att du behöver gå utan mig, för jag kanske gärna vill hänga med ut, sade Lisa och drog Scotten intill sig.

-Jaha, säger du så är det förstås genast lättare. Jag ser att där borta kommer det visst ett par med hund, visserligen ser de ut som panchisar, men ändå, fortsatte han.

-Tänk vad skönt det ska bli att komma hem sedan och få ta en varm härlig dusch! Har du något emot att ta den samtidigt med mig? tillade hon tyst med en lite generad blick.

-Det kan bara bli förbaskat trevligt! Alldeles nyss kände jag mig vrålhungrig på en stadig frukost, men just den känslan ersattes just precis nu av en helt annan! svarade Scotten samtidigt som de vände för att gå hem igen.

- - - - -

Leila anade att det var Jesper som ringde och när hon fick se numret på skärmen förstod hon att hennes

135

tankar varit riktiga.

-Godmorgon, ursäkta att jag stör så här på söndagsförmiddagen. Jag fick ett mail nyss från kriminaltekniker Lisbeth. Hon skrev att de fastställt ett DNA på kroppen som möjligtvis kunde tillhöra gärningsmannen. Det är ju inte alls säkert att personen finns i våra brottsregister, men om, kan det ju snabbt leda till ett gripande. Jag vet att du är ledig idag, men tänkte fråga om du ville hänga med till polisstationen för att se vad det går att få fram, sade hennes chef.

-Det gör jag gärna, för det borde väl vara gjort på ett par timmar. Oftast vill nog knappt någon jobba på sin lediga helg, men jag liksom du är väldigt angelägen om att gripa förövaren, svarade hon.

-Jag räknar med att vi hinner söka av det på högst en timme, vilket ger två timmars kompensationsledighet. Precis som du säger, så måste vi få in en sådan råbarkad galning snarast. Jag menar, det är inte många som är kyliga nog att sticka någon i halsen ungefär som man tömmer en gris på blod. För att göra det, går det åt att vara en riktig psykopat, förklarade hennes chef.

-Därmed är det väl ett rimligt antagande att personen vi söker finns bland dem som vi varit i kontakt med tidigare, för man börjar ju inte sin karriär med ett sådant här brott, förklarade Leila.

-Jag är övertygad om att du har rätt på den punkten. Ska vi ses på stationen om en halvtimme då? frågade Jesper.

-Det passar utmärkt, för då hinner jag ta en fika här hemma först, svarade hon.

-Jaså, jag som fått med mig en påse bullar

att dela på av min fru Britta, men du kanske orkar smaka någon i alla fall, trots att du fikat precis innan? frågade hennes chef.

-Jag tror inte det ska vara några problem alls, utan ta gärna med en påse med goda bullar, så får vi se om det blir någon kvar, svarade Leila och skrattade.

- - - - -

-Jag kan köra till Linköping så får du ta ratten när vi åker hem, föreslog Lisa när de ätit frukost och var färdiga att ge sig iväg.

-Javisst, det går fint. Då kan jag passa på att titta lite på biltillbehör på nätet, svarade Scotten.

-Okej, det kan du väl göra, för jag har redan gjort en inköpslista på det vi ska handla på Ikea. Har du funderat mer på om du verkligen orkar ta hand om Henrik och gå ut och rasta honom flera gånger om dagen? Fram tills vi får tillökning och även ett tag därefter får du räkna med att klara av det själv, förklarade hon.

-Jo, men det tror jag ska gå bra. Visserligen lär jag få gå upp runt tjugo minuter tidigare än nu, men det kan ju aldrig skada att man kommer ut varje morgon och får lite frisk luft, förklarade han.

-Som jag ser det, så är det Knasen det hänger på då. För att det ska fungera måste vi vara helt säkra på att de trivs ihop. Katten har aldrig umgåtts med hundar tidigare, så jag har faktiskt ingen aning om hur han reagerar, fortsatte Lisa medan hon låste ytterdörren.

-Som du säger, det är bara att vänta tills han kommer med Henrik så får vi se. Jag ska bara se i bagageutrymmet och dörrfacken om det redan ligger grejer där som kan behövas, så att jag inte köper

137

något i onödan, förklarade han medan hon tog plats i förarstolen.

-Här i dörrfacket ser jag i vart fall att det ligger en isskrapa och en snöborste, så det finns redan, berättade hon.

-Perfekt, då är den biten klar, sade Scotten medan han rotade runt där bak i bilen.

-Louise berättade att vi kommer att få låna ett babyskydd när vi åker hem från förlossningen, så vi slipper skaffa bilbarnstol tills dess. Sedan när barnet växt ur det, är det nog läge att köpa en själva, förklarade hon medan Scotten satte sig.

-Det blir bra det, svarade han samtidigt som han febrilt började söka efter grejer på olika hemsidor, som han trodde behövdes till bilen.

Klockan hade passerat tio med några minuter, när Lisa parkerade nära utgången för att slippa släpa på sakerna för långt sedan när de handlat.

I ögonvrån såg Lisa att hennes pojkvän verkade måttligt road av att vara där de var, men han sade inget.

-Om du vill kan du väl gå vart du vill ett tag och sedan komma hit om en timme. Vid det laget har jag nog hunnit titta lite grann i alla fall, föreslog Lisa.

-Jag tror att jag borde hitta det mesta på den tiden, för killen hade lämnat kvar det viktigaste i bilen, svarade han lättad över att få slippa tillbringa all tid på Ikea.

- - - - -

-Lisbeth berättade att hon skulle skicka över resultatet av DNA-testet, men det verkar inte som om det har kommit, sade Jesper bekymrat när han letat bland meddelandena på sin jobbdator.

-Typiskt och hon är förstås inte kvar här utan har väl åkt hem. Vad gör vi då? undrade Leila.

-Det är en bra fråga, för jag vet att hon slitit ända tills i morse med att få det här klart. Därmed har jag full förståelse för om hon vill ha ledigt resten av söndagen, förklarade hennes chef.

-Jag förstår hur du tänker, men frågan är väl ändå fri? Jag menar, du får väl förklara att vi åkt hit bara för den skull att vi hoppas kunna gripa den skyldige så snabbt som möjligt. Allting hänger ju faktiskt på att vi får veta vilket DNA hon hittat på liket, förklarade Leila.

-Ja, jag får väl ursäkta mig och hoppas att hon inte ligger och sover för att ta igen några timmars sömn som hon säkert försakat. Med lite tur kanske hon kan komma hit och skicka testsvaren en gång till från sin dator och hoppas att de går fram, resonerade Jesper och knappade in Lisbeths hemnummer.

Efter att några signaler gått fram svarade hon och Jesper förklarade att hon behövde komma en kort stund för att lösa deras problem. Lisbeth berättade att hon skulle vara hos dem inom en kvart, för att snabbt lösa det hela.

-Märkligt att inte meddelandet gick fram, sade Lisbeth när hon kom in till dem.

-Visst, men det är ju inte första gången som det krånglar. Sedan polisen bytte datasystem så har det blivit ganska mycket fel tycker jag, svarade Jesper.

-Visst är det på det viset. Det senaste jag hörde från dataavdelningen var, att de kanske skulle gå tillbaka till det förra systemet, berättade Lisbeth medan hon tryckte in sitt lösenord på sin dator.

-Jaha, det lät ju konstruktivt värre. Visserligen var det färre fel på det gamla systemet, men likväl fungerade det ju så förbannat dåligt att det beslutades om att det omedelbart skulle ersättas. Framför allt var det ju säkerhetsmässigt en ren katastrof, för till och med en tioåring kunde ju hacka sig in om han fick lust till det, fortsatte Jesper.

-Var glad att du inte vet vad spektaklet kostat, för då skulle du nog ramla av stolen. Så mycket kan jag upplysa dig om, att det hade räckt till hundratals nya polistjänster,förklarade hon.

-Tyvärr vet jag inte om det skulle göra vårt arbete så mycket effektivare om vi blev fler. Jag tror att det är fel på hela organisationen. Om den sågs över och effektiviserades, borde det bli betydligt bättre resultat. Om vi dessutom slapp all meningslös dokumentation och istället kunde ägna vår tid till att utreda alla så kallade småbrott, så skulle det bli en radikal förbättring. Grep vi gärningsmän vid deras första brott och fick dem fällda, så insåg de nog snabbt att de valt fel väg i livet och måste byta spår, fortsatte han samtidigt som hans ansiktsfärg blev allt rödare.

-Du har inte tänkt söka jobbet som rikspolischef? Personligen tror jag att du skulle kunna uträtta underverk! sade Lisbeth samtidigt som hon försökte att få iväg mailet.

-Ha, mina idèer är på tok för kontroversiella, så nämner jag något av detta till en höjdare så får jag börja jobba på hittegodsavdelningen med omedelbar verkan! Nu fick jag meddelandet med vilket DNA djupingen hade! Tack för att du kom hit och hjälpte oss, sade Jesper.

-Det är lugnt, men helt klart är att jag inte tänker bjuda myndigheten på det här, utan jag sätter upp ytterligare två timmar övertid, förklarade Lisbeth och tog på sig sin jacka igen.

-Givetvis ska du göra det, för det är ingen annan än vi som tackar dig för att du offrade din fritid för att åka hit. Det är ju definitivt inte ditt fel att polisens datasystem är så dåligt, förklarade Jesper samtidigt som han nickade ett tacksamt hejdå till Lisbeth.

-Jag tryckte fram ett par muggar kaffe precis, så att de hinner svalna lite, sade Leila när Lisbeth gått.

-Jaha, tycker du inte att vi ska se om DNA-testet matchar med någon av våra juveler först? frågade hennes chef.

-Nej, det tycker jag inte. Jag är övertygad om att vi tänker betydligt bättre med en riktig bullfika först, svarade Leila.

- - - - -

Kapitel 15

Scotten kände sig lite vilsen när han gick och tittade bland biltillbehören. Det var som om han inte riktigt kunde släppa allt som hänt den gångna veckan. En del saker var ju trevliga, som exempelvis bilaffären. Utan den hade det inte blivit någon resa till Linköping idag med Lisa. Det som däremot skavde en del i samvetet, var att han ju faktiskt hade gjort ett inbrott tillsammans med Ludvig! Hittills verkade det som om de skulle gå fria från kuppen, men det var absolut inte självklart att det skulle förbli så. Det som ytterligare var lite obehagligt och som han inte heller kunde släppa, var att han varit inblandad i en trafikolycka. Med lite otur fanns risken att han skulle anklagas både för förargelseväckande beteende och smitning. Om han hotat krymplingen han kört in i, kunde han inte minnas. Dock visste han mycket väl att även om så inte var fallet, fick man bara räkna med att aset beskyllde honom för det. Sedan att personen bromsat för fullt utan anledning, var inte heller helt lätt att bevisa så här flera dagar efter att det hänt och förmodligen gick det inte att hitta ett enda vittne. Plötsligt hörde Scotten att ett textmeddelande kom, så han tog upp sin mobiltelefon ur fickan. Det var från hans flickvän och hon undrade om han fyndat färdigt, för hon behövde hjälp med att skjuta den allt tyngre kundvagnen.

Innan Scotten svarade, tittade han ner i sin varukorg för att kolla vad han plockat på sig. Där låg en fyra liters dunk med spolarvätska och fem tvättsvampar.

På väg fram till kassan hittade han även en rulle silvertejp och ett par arbetshandskar som låg i ett reaställ. I kön passade Scotten på att skriva till Lisa att han bara skulle lämna sina varor i bilen, sedan skulle han komma. Väl ute grämde han sig för att han inte varit mer fokuserad på vad han behövde handla, men nu var det för sent i alla fall. En stor fördel med att han trots allt inte plockat på sig mer, var att det han köpt inte ens kostade etthundrafemtio spänn, något som hans för tillfället ansträngda ekonomi gillade.

På väg in i entrèn där Lisa höll på att tömma varuhuset, fasade han för hur mycket hennes kalas skulle kosta. Det fanns ju så förbaskat mycket annat som var viktigt att lägga pengarna på istället för att byta ut hela bohaget! En sådan grej var en omgång nya sommarfälgar till V 60:n, för de han hade fått med i affären, var både kanstötta och missfärgade. Detta var något han inte vågade ta upp med Lisa, för då var det bäddat för ett jäkla liv. De pengar hon fått ärva var ju hennes och hon gjorde ju precis vad hon ville med dem. Visst hävdade Lisa att det hon handlade var till dem gemensamt och att det var till glädje för dem båda. Detta var något som Scotten hade väldigt svårt att se någon logik i, men för fridens skull hade han bestämt sig för att vara tyst. På ett sätt fick han väl skylla sig själv nu att han köpt en bil utan att samråda med sin flickvän, för därmed var det inte mer än rätt att han ensam fick stå för kostnaderna för den. Det som oroade honom mest var egentligen vad som skulle hända när pengarna från arvet var slut, vilket de rimligen borde vara ganska snart.

Frågan var då om hon nöjde sig med det hon handlat, eller om den hysteriska jakten på inredningskrafs skulle fortsätta, men då finansieras med Bynk eller något liknande skit.

-Äntligen kommer du, var har du varit? frågade Lisa när hon såg honom komma tre kvart efter att hon fått svaret på sms.

-Du ska veta att jag gått raskt hela tiden. Problemet är att den jäveln som byggde det här stället tydligen älskade labyrinter och sedan har den fan dessutom fyllt komplexet med all världens prylar. Jag tror jag gått igenom möbelavdelningen och husgerådsstället från olika håll minst tre gånger, innan jag hittade dig här bland barnleksakerna! svarade Scotten uppgivet.

-Då har du ju letat efter mig på fel plan, hehe! De platserna du nämner har jag inte hunnit till ännu, så där lär du få gå en gång till! Restaurangen ligger därframme, vill du att vi ska äta nu, eller väntar du hellre en stund? undrade hon och skrattade.

-Jag tycker att vi går bort och kollar menyn nu, för jag är hungrig. När vi satt oss ska jag passa på att ta av mig skorna, för jag har fått skoskav på båda hälarna av allt vandrande, beklagade sig Scotten.

-Du har ju alltid undrat över vad vi tjejer fyller våra handväskor med. Titta här ska du få se, sade Lisa och tog fram två plåster.

-Perfekt, men du menar inte att du släpar runt på den där trunken bara för ett par plåster! Vad har du mer i den som är bra att ha? frågade Scotten nyfiket samtidigt som han nickade tacksamt för plåstren han precis fått.

-Jag kan hålla med dig om att den här handväskan

är en aning stor, men att jämföra den med en trunk är väl ändå att ta i! Förresten fyller jag faktiskt år om en månad, så då passar jag på nu att önska mig en liten smidig Michael Kors väska! Du hittar den säkert på nätet, annars får du be om hjälp, förklarade Lisa.

-Visst, vilken bra idè! svarade Scotten med en så positiv ton som möjligt. Inom sig förbannade han sig själv för att han glappat med truten helt i onödan. På det här viset skulle man kunna säga att de förbannade plåstren blev svindyra, det var vad han anade i alla fall.

-Vi kan ställa kundvagnen här vid pelaren, så har vi lite kontroll på den när vi äter, föreslog hon.

-Menar du att folk tar grejer från andras vagnar? det var verkligen en nyhet för mig, muttrade Scotten.

-Om det är någon som inte hittat saker de velat ha för att det saknats på hyllorna, så händer det att de plockar ur andras vagnar, visste du inte det? undrade Lisa.

-Det har jag aldrig hört talas om, det måste vara något specifikt för just de här varuhusen, fortsatte han.

-Det märks att du är ute väldigt lite och handlar, för det är så det går till. Du ser de här fina ljusstakarna, de snodde jag själv i någons vagn för en kvart sedan, för där de skulle stå var det tomt på hyllan, berättade Lisa och tittade allvarligt på honom.

-Säg att du skämtar, jag som trodde att du var ordentlig och pålitlig på alla sätt! Dessutom var ju inte ljusstakarna speciellt snygga eller märkvärdiga, sade Scotten.

-Klart jag skojar med dig, men vad fasen menar du med att de inte är snygga? Ser du inte att de kommer passa perfekt på matbordet? i så fall har du ju definitivt ingen smak, fräste hon.

-Skönt att du inte stulit dem av någon stackare, utan att du drev med mig. Jag får väl erkänna att jag har lite svårt för att se vad som passar tillsammans med olika saker. Förresten, vad kostar stakarna? frågade Scotten.

-Bara trehundrafyrtionio kronor styck! Faktum är att sådana här hittar du inte ens på nätet för under fyrahundra kronor. Du får erkänna att det är ett riktigt klipp. Tack vare att jag hittade dem på det här stället, så tjänade jag åtminstone hundra spänn och därmed kan man säga att jag fick de här grymma manschetterna gratis, för dem tar de en hundring för, fortsatte hon nöjt.

-Kul att du tycker att det är en bra affär, svarade han, samtidigt som han tänkte att summan nästan borde räckt till för att fylla tanken på bilen.

- - - - -

Bullarna Jesper haft med sig var oemotståndliga, så en stund efter att de satt sig för att fika, så var påsen tom.

-Du kan väl be Britta om receptet, för de här vill jag kunna baka själv med, mumlade Leila fast hon inte tuggat ur munnen helt.

-Inga problem, det kan jag skriva till henne direkt så blir hon säkert glad. Jag vill minnas att det är ett gammalt recept hon fått från sin mormor, förklarade hennes chef otåligt, för han ville så snart som möjligt fortsätta att följa upp vem mördaren kunde vara.

-Vill du ha en kopp kaffe till? för jag tänker ta det, undrade hon.

-Nej tack, det är bra för mig. Jag fick ett sms med receptet nu, så jag vidarebefordrar det till dig, förklarade han.

-Vad schysst! Jag kan tänka mig att det inte är någon diet för de som vill gå ner i vikt, men det går ju inte att snöa in på det hela tiden. Den som önskar det kan ju alltid välja knäckebröd istället, fortsatte hon.

-Det låter klokt det du säger. Jag har fikat färdigt, så jag börjar söka i registren, föreslog Jesper och reste sig upp för att ställa bort sin mugg.

-Jag kommer alldeles strax. Det ska bli spännande att se vart det leder, svarade Leila samtidigt som hon smuttade på andra muggen kaffe.

-Satfläsk, det här måste du bara se! utbrast hennes chef medan hans ansiktsfärg tydligt ändrade sig åt det rödare hållet.

-Nej, men jag tror inte att det är sant! Det är väl sällsynt att det inte går att öppna filen som är bifogad, men din dator står ju bara och buffrar. Du kan väl prova att vidarebefordra meddelandet till min dator, föreslog hon.

-Jag försökte just det, kolla på din om du fått något, svarade Jesper och knäppte upp i halsen.

-Det är samma sak med min dator, vad ska vi göra? undrade Leila.

-Helt klart är, att jag ringer inte Lisbeth en gång till och ber henne komma hit, för gör jag det så känner jag helt klart att gränsen är passerad! Det är inte meningen att hon ska behöva bosätta sig här på stationen med sovsäck och spritkök bara för att skiten inte fungerar. Vi får släppa det här för idag och se till att problemet löses direkt imorgon bitti, sade Jesper bestämt.

-Jag förstår hur du tänker och jag håller med dig, men tror du inte att det kan försena ett gripande eller till och med att gärningsmannen begår fler mord? undrade hon.

-Risken finns väl, men jag tror att den är näst intill obefintlig. Hade det varit en seriemördare med eld i röven, så borde han varit mer aktiv vid det här laget redan. Jag förmodar att vi söker efter en person i undre världen som troligtvis begått sådana här brott tidigare och då gjort det när han blivit rejält trängd eller hotad. Han vet förmodligen inte att vi kanske är honom på spåren, bara vi kan analysera det DNA som vi fann, spekulerade hennes chef.

-Vi får väl hoppas att du har rätt på den punkten, för annars lär vi få skit för det här. På samma gång anser jag att du har rätt i din bedömning och därmed så spelar det ju ingen roll om vi identifierar honom idag eller imorgon, svarade Leila.

-Precis så är det nog. Dessutom, om typen anar att han lämnat några spår, så lär han redan försvunnit ur landet vid det här laget. Vi får göra som så, att vi går hem nu och fortsätter med analyseringen när Lisbeth liksom vi går på vårt skift imorgon igen, sade Jesper bestämt.

-Okej, då gör vi det, svarade hon lite besviken över att inget klarats upp angående vem mördaren var.

-Visst var det tråkigt att jag kallade in dig i onödan, men det kunde väl ingen tro att det skulle skita sig på att mailet inte gick att öppna, sade hennes chef medan han höll upp ytterdörren åt henne.

-Vi fick i alla fall väldigt goda bullar till fikat, så jag tycker faktiskt att trots att utredningen körde fast, så var förmiddagen helt okej, svarade Leila och gick ut.

-Det är ju bra om man kan se något positivt i eländet, vi ses imorgon! sade Jesper innan han cyklade iväg.

-Jaha, det gör vi. Nu ska jag hem och baka bullar, för det finns det plats för i vår frys. Hejdå! ropade Leila, men det hörde han nog knappast, för han var redan en bit därifrån.

På väg hem köpte hon med sig smördegsplattor, smör och kanel, för resten av ingredienserna visste hon redan fanns hemma.

När Leila kom innanför dörren, såg hon en lapp på köksbordet. "Jag har stuckit iväg för att göra ett reportage från innebandyturneringen, för en medarbetare har blivit sjuk! Jag älskar dig!/ Petter", stod det på papperet.

Plötsligt ringde det på ytterdörren och när hon kollade i titthålet i dörren, såg hon att hennes bror Ludvig hälsade på.

-Kul att se dig, det var länge sedan! utbrast Leila när hon öppnat.

-Tja, jag hade inget speciellt för mig, så då tänkte jag att det skulle passa bra, svarade han och klev in.

-Var har du Ebba någonstans? undrade Leila medan hon hängde upp Ludvigs jacka på en klädhängare.

-Hemma slänger jag alltid min jacka på golvet, åtminstone när inte Ebba är i närheten, för hängaren har gått av. Hon är förresten rejält förkyld, men hon hälsade till dig, fortsatte Ludvig.

-Så tråkigt att hon är sjuk. Det är ganska många som är krassliga nu, har jag hört. Jag tänkte precis börja baka, men det tar ett tag innan bullarna är färdiga. Vill du ha ett par smörgåsar till fikat eller vill du vänta tills de är färdiga från ugnen? frågade hon.

-Ja tack, det går säkert fint med båda sakerna,

för hemma lär det inte lagas så mycket mat idag, förklarade Ludvig.

-Men behöver du inte fixa något till din flickvän, jag menar, om nu inte hon orkar göra något? undrade Leila.

-Hon ville absolut bara ha kall nyponsoppa, för det var visst det enda hon fick ner i sin onda hals, sade hon innan jag gick, berättade han.

-Jag kan skicka med en påse bullar till henne sedan, för dem kanske hon vill smaka, sade Leila medan hon tog fram strösocker.

-Låter som en bra idè. Skulle jag glömma att ge henne dem, kan jag alltid ta med påsen till jobbet imorgon. Ska jag göra något? frågade han.

-Du får gärna bre på några smörgåsar och starta bryggen, för du ser hur mina händer ser ut, sade Leila och höll upp dem, flottiga av smör.

-Det fixar jag lätt, något annat? frågade Ludvig.

-Värst vad du var snabb! Okej, då kan du väl ta fram de tre plåtarna som finns där och kolla så det finns bakplåtspapper på dem, sade hon och pekade med foten på luckan under ugnen.

-Jag trodde alltid att bullar skulle jäsa, vad är det här för specialare du gör? frågade Ludvig nyfiket.

-Det är ett recept som jag fick av min chefs fru! Lyckas jag, blir det kanelbullar på en kvart, berättade hon.

-Det låter ju skithäftigt, går de att äta så får du skicka över receptet till Ebba, så kan hon sätta igång att baka sådana när hon blir frisk, föreslog han.

-Hör vilken mansgris man har till bror! Jag föreslår att du bakar sådana här till Ebba istället, det skulle hon säkert gilla, fortsatte Leila.

-Du vet mycket väl att det närmaste jag kan prestera i bakväg hemma hos mig, är baklukten som kommer från skithuset! förklarade Ludvig och garvade.

-Då är det på tiden att du passar på att lära dig! Gör precis som jag, så får du göra en egen plåt! Det är inte svårare än att ett riktigt nöt kan baka de här, berättade hon.

-Ja, men jag tänkte ju ta en macka nu, men det är väl bäst man gör som syrran säger, annars får man väl inte ens smaka bullarna sedan, muttrade Ludvig.

- - - - -

Kapitel 16

Scotten njöt av att äntligen få sätta sig i bilen för att åka hemåt. Baksätet var fällt och bakåtsikten skymdes effektivt av allt Lisa ansett vara nödvändigt att köpa. Där låg spjälsäng, skötbord och gardiner bland allt annat, vilket gjorde att bagageutrymmet fyllts upp till taket.

-Jag kan skriva till din farbror att vi blir lite sena, hur lång tid tar det att köra hem? frågade Lisa medan hon tog på sig bältet.

-Drygt en timme skulle jag tro, men sedan går det väl åt en stund att packa ur allt, förklarade Scotten.

-Han och Henrik kommer vid artontiden, så det passar ju bra, sade Lisa när hon fått svar.

-Jaha, det blir en lång dag det här, tänk om jag varit ledig imorgon också, sade han och gäspade.

-Hade varit trevligt, för då kunde du hjälpt mig med tvätten. Jag passar på att ta en lur nu tills vi är hemma, föklarade hon och slöt sina ögon.

I sina tankar möblerade hon ett barnrum precis efter de önskningar hon hade och somnade snabbt med ett leende på läpparna.

Scotten som var grymt trött i benen och framför allt i sina sönderskavda fötter. Han tyckte att bland det bästa med Volvon han köpt, var att den var utrustad med farthållare. Tack vare den, var det bara att ställa in hastigheten han fick hålla och på så vis kunde han ha sina ben som det kändes bäst för stunden.

En blick på bilklockan visade att det dröjde drygt en och en halv timme innan Joakim skulle komma med blodhunden. Att det skulle gå helt friktionsfritt mellan Knasen och Henrik var säkert naivt att tro, men det var trots allt värt ett försök, tänkte Scotten samtidigt som han gäspade igen.

Väl hemma på parkeringsplatsen väckte han Lisa och sedan hjälptes de åt att bära in.

-Jag är faktiskt hungrig, tror du Louise och Jonathan följer med in med Henrik, så att vi ska bjuda dem på något? undrade Lisa.

-Det behöver vi inte tänka på, för Joakim berättade att de åker till Stockholm direkt när han lämnat hunden, förklarade Scotten.

-Okej, men då får vi nog se vad vi kan äta själva innan de kommer, sade Lisa.

-Jag såg att vi hade pajer i frysen som går snabbt att värma i mikron, föreslog han.

-Det låter bra, jag kan ordna fram det om du dukar, svarade hon och tog av sig ytterkläderna.

Precis när de en stund senare satt sig för att käka, ringde dörrklockan, så Scotten gick för att öppna.

-Jonathan somnade tidigare än vanligt, så vi bar ut honom till bilen och åkte lite tidigare. Förhoppningsvis sover han ända tills vi kommit hem, sade Joakim.

-Jaha, då förstår jag varför ni kommer redan. Vi har just satt oss för att äta, men det gör ju inget. Ska jag hjälpa dig att bära in alla tillbehör? undrade Scotten.

-Ja, Henrik kanske kan vara kvar här hos Lisa, så kan vi flytta över hundburen till din bil direkt. Sedan har jag en kartong med hans grejer och mat som du kan få med dig upp innan vi åker vidare, förklarade Joakim.

-Hej, tror du Henrik är hungrig och vill ha lite paj?

ropade Lisa undrande från köket.

-Ja, det tackar han säkert inte nej till, bara den inte är för varm, svarade Joakim.

-Han kan få Scottens paj, för den har hunnit svalna nu, svarade hon.

-Hur går det med er katt, har den märkt att Henrik har kommit in i er lägenhet? undrade Joakim.

-Nej, Knasen ligger i sovrummet och sover, så han vet inget än. Du får hälsa till Louise och köra försiktigt hem, fortsatte hon.

-Visst, det ska jag göra. Vi kan höras ikväll sedan när de har träffats så vi får veta hur det går, sade Joakim innan han och Scotten gick ut från lägenheten.

- - - - -

-Både Leila och hennes chef var nästan en halvtimme för tidiga på jobbet. Orsaken var gemensam, just att de definitivt ville komma vidare i mordutredningen. Direkt gick det nu utan svårighet att öppna den bifogade filen och ivrigt började Jesper söka efter en matchning i polisens brottsregister.

-Här har vi den trolige mördaren, är han bekant? frågade han triumferande.

-Jösses, menar du att det var hans DNA-spår som Lisbeth hittade på brottsplatsen! Jag tror knappt mina ögon! fortsatte Leila som var tvungen att sätta sig ner av chocken.

-Vi vet ju var han arbetar, kom så åker vi och plockar in honom med en gång, sade Jesper.

-Ja, klockan är ju sju nu, så han borde vara på plats. Står det något i hans profil om att han brukar vara beväpnad? frågade hon.

-Det har han inte varit tidigare, men med tanke på hur kallblodigt offret mördats av något slags stickvapen, så är det bara att räkna med det. Jag ringer hans chef när vi kommer dit och ber honom skicka ut honom till parkeringen, för där är det lättare att göra ett gripande. Jag anser inte att vi behöver förstärkning, men helt klart ska vi ha våra vapen skjutklara, förklarade hennes chef.

-För mig är det fortfarande ofattbart att han varit inblandad i det här, trots att DNA-spåren bevisar motsatsen, sade Leila medan de var på väg.

-Ingen ska ju dömas på förhand, men som du säger så har ju spåren från honom hamnat där de är av någon anledning. Det ska bli ett jäkligt intressant förhör, fortsatte han medan foten vilade tungt på gaspedalen.

-Jag ser att han är ägare till en bil. När vi kommer dit vill jag kontrollera en sak innan du kontaktar hans chef, förklarade Leila med laptopen i sitt knä.

Plötsligt hördes ett anrop i bilen vars innebörd gav en känsla så att deras hjärtan höll på att sluta slå! Tre ungdomar hade precis hittats döda i en park nära skolan där droger med stor sannolikhet hade sålts! Det var en motionär som hittat dem när han mitt under sin joggingtur blivit nödig och därmed varit tvungen att uppsöka ett buskage.

-Förbannat vilket oflyt! Vi får åka till parken först och släppa det här ärendet så länge! vrålade hennes chef hysteriskt.

-Självklart! Tror du att brotten har något samband, jag menar att det är samma mördare? frågade Leila samtidigt som hon tappade ner sin dator på golvet.

-Det är alldeles för tidigt att uttala sig om,

155

men visst slog tanken mig med en gång. Att förra veckans mord förmodligen berodde på någon uppgörelse bland avskummet i vårt samhälle, anser jag som ganska solklart. Däremot att tre ungdomar dör på samma plats i en park känns som något helt annat, men inget är uteslutet, fortsatte Jesper och stannade en liten bit från brottsplatsen.

-Var det ni som ringde och larmade? frågade Leila som först kommit ur bilen.

-Ja, vad snabba ni var hit, det har ju bara gått ett par minuter sedan jag ringde. De ligger under den där rhododendronbusken och jag hittade dem för jag var tvungen att pinka, förklarade mannen.

-Har du varit framme och kollat så att de inte bara ligger där och sover? undrade hon vidare.

-Sedan några år jobbar jag som sjuksköterska på ett vårdhem, därmed vet jag en del. Först trodde jag att de däckat efter ett stort intag av alkohol. Det är dock uteslutet, för när jag kände om de hade någon puls, så märkte jag att de var helt iskalla, fortsatte mannen.

-Du ska ha tack för att du larmade och inte klampade runt här i onödan. Jag tar dina personuppgifter så länge, men räkna med att vi kanske hör av oss om något behöver kompletteras, sade Leila.

-Jag kontaktar Lisbeth så får hon komma hit med sitt team. Du kan spärra av området så länge, befallde hennes chef.

-Får du hit någon förstärkning med, så är det ju bra. Jag menar, det är ju trots allt tre döda personer här, sade hon.

-Jag försökte få tag i vår medarbetare Linn

när du pratade med mannen som fann kropparna, men hon svarar inte! berättade Jesper.

-Hon kanske har blivit sjuk igen, det är så många andra som får om smörjan gång på gång, sade hon.

-Möjligt, Lisbeth är på väg och kommer hit inom tio minuter i alla fall. Jag kallar hit hundförare Ohlsson med jycken Chapman, så får vi se om de kan få upp något spår här, fortsatte han.

-Ja, det kan det nog vara läge för. Förhoppningsvis är det väl ingen större risk att det är någon annans spår än gärningsmannens här, för i det här skitvädret är det inte många som vistas utomhus en söndagsnatt, spekulerade Leila.

-Om det nu har varit någon gärningsman här över huvud taget. Det jag kan se av kropparna härifrån, så verkar de inte gjort något motstånd som ju är brukligt vid exempelvis ett rån, sade Jesper.

-Nej, det ligger ju en del i det du säger. Visst kan de under vapenhot sett det som meningslöst att kämpa emot och istället gett rånaren vad han ville ha, men då borde de ju fått leva, sade hon.

-Visserligen sant, men glöm inte att de som ligger här i så fall sett rånaren. Jag börjar faktiskt ana att vi får svårt att hitta någon mördare som orsakat det här. Härifrån ser jag inte en enda droppe blod som skulle tyda på att de bragts om livet av någon här, sade Jesper.

-Tolkar jag dig rätt att det kanske är något de injicerat som vållat deras död? undrade Leila.

-Det får vi snart veta, för Lisbeth kommer där, sade hennes chef och nickade ut mot vägen.

-Morrn, ligger de under busken där? frågade Lisbeth

när hon kom fram.

-Ja, och det vi vill att du kontrollerar först är om de sprutat i sig någon skit och sedan dött på plats, sade Jesper.

-Visst går det att injicera på lite olika platser i kroppen, men på de lite mer vanliga ställena har det inte gjorts. Är det en drog de dött av, kan de lika gärna svalt något eller så, förklarade Lisbeth.

-Jag förstår att du vill undersöka området lite mer här ett tag innan du tar in kropparna för obduktion, men kan du se om de har några identitetshandlingar på sig nu? frågade Leila.

-Jag ska se efter det ganska snart, så jag kan ropa på er om jag hittar något av värde, svarade Lisbeth.

-Låter bra, vi ska låta Chapman snoka runt här ett tag, förklarade Jesper som hört deras diskussion.

- - - - -

Långt borta hörde Lisa någon som snarkade tungt och efter ett tag tvingade hon sig själv att kisa med ena ögat för att se vad klockradion visade. När hon såg att den var över åtta, blev hon orolig att Scotten försovit sig, men när hon tittade i sängen bredvid så var den tom. Efter att hon vaknat till lite, kunde hon lokalisera var snarkandet kom ifrån. Det var ju för tusan Henrik som tydligen somnat om efter en morgonpromenad med Scotten tidigare på morgonen! Hade hon inte varit så förbaskat kissnödig, så hade Lisa gärna legat kvar och dragit sig en stund, men som det kändes nu var det knappt att hon skulle hinna till toaletten, tänkte hon och klev upp ur sängen. Vartefter som hon vaknade till, kom alla måsten upp och hon insåg att det enda som gällde, var att sätta fart för att få det nödvändigaste gjort. Före frukosten var tvättmaskinen påsatt och innan den var färdig dammsög hon lägenheten. När Lisa skulle diska, hörde hon plötsligt ett annorlunda ljud bakom sig. Där stod nämligen Henrik och Knasen och drack ur samma vattenskål samtidigt!

Försiktigt tog Lisa en bild med sin mobilkamera som hon sedan skickade både till Scotten, Joakim och Ebba. Någon text till ansåg hon var helt överflödig, för fotot sade allt.

En stund senare fick hon ett sms-svar från Ebba som undrade om de kunde ta den där promenaden som blivit inställd under helgen, för idag mådde hon betydligt bättre.

Lisa skrev att det var en lysande idè, för då kunde Ebba ha Henrik i kopplet, så slapp hon själv bli omkulldragen. Särskilt nu när hon kommit en bit in i graviditeten så var det något hon inte ville råka ut för, vilket Ebba hade all förståelse för.

-Brukar jycken dra mycket då? undrade Ebba när de en stund senare träffades utanför Lisas utgång.

-Nej, det är visst tydligen bara om han ser någon snygg hundbrud, annars är det lugnt har Joakim berättat för oss. Skönt att du mår bättre redan, var det bara en rejäl förkylning eller hade du feber också? frågade Lisa.

-Jag tror inte att jag hade feber, men jag vet inte säkert för jag kollade aldrig tempen. Jag resonerar som så, att skulle det nu visa sig att jag hade uppåt fyrtio grader, så blir jag knappast piggare av att veta det. Därför har jag aldrig investerat i någon termometer och tänker inte göra det heller, förklarade Ebba.

-Jaha, så kanske man ska tänka, men tar du inga
värktabletter heller, eller hur tänker du kring det?
undrade Lisa vidare.

-Jo, så fort jag känner att det är någon skit på gång, så
trycker jag i mig två tabletter fyra gånger om dagen, för
det är det maximala de rekommenderar. På så sätt
brukar jag bli frisk snabbt och det är sällan som jag ens
blir liggande som den här gången, förklarade Ebba.

-Det kanske man skulle prova nästa gång, för det låter ju
på dig som att det fungerar. Förresten, vet du varför det
står en massa polisbilar och andra fordon i parken där
framme, har det hänt något speciellt? frågade Lisa
oroligt.

-Jag såg på telefonen när jag gick till dig att de hittat tre
döda ungdomar i en park på morgonen! De sade dock
inte vilken, för då kunde vi ju gått åt ett annat håll,
svarade Ebba.

-Fy tusan, tänk att sådana hemska saker kan hända i
lilla Nyköping! När du säger att de inte var speciellt
gamla, får jag en obehaglig känsla av att det är någon vi
känner. Jag menar inte att det på något sätt är bättre om
vi inte gör det, men du kanske förstår hur jag tänker,
berättade Lisa medan hon började gråta.

-Jag fattar precis, att det är lika illa oavsett om vi vet
vilka det var eller ej. Det hjälper ju inte att spekulera i
hur de dog heller, för det ändrar ju inte någonting. De
finns tyvärr inte mer, så är det. Trots det så går mina
tankar ändå runt kring hur de dog och varför. Vem vet
helt säkert att det inte ligger fler ungdomar döda i någon
annan park i staden, spekulerade Ebba.

-Nej, säg inte så för det vore ju förskräckligt!

Jag vill att vi vänder och går hem nu, för det här fick mig totalt att tappa lusten för allt. Vet du om det var killar eller tjejer som dödats, eller stod det inget om det? frågade Lisa.

-Jag är inte riktigt säker på om det nämndes något om det, men vill du veta kan jag kolla, svarade Ebba och började ta fram sin mobiltelefon.

-Nej, jag vill att du hoppar över det, för det är ju egentligen oväsentligt. Oavsett vilket, är det avskyvärt! Emellanåt såg Henrik upp mot dem och han tycktes förstå att de var ledsna för något.

- - - - -

Kapitel 17

Jesper gick förbryllad bort mot Lisbeth efter att ha fått veta att Chapman inte lyckats finna några direkta spår från platsen där kropparna hittats. Tankarna gick åt hållet att det kanske kunde röra sig om självmord, vilket inte var helt ovanligt för den här åldersgruppen. Det som talade emot det, var främst att det ju var tre personer som i så fall gjort det samtidigt. Annars kunde det vara en överdos av någon drog, vilket Lisbeth redan antytt.

-Jag har hittat identitetskort på två av dem, den tredje har ett förarbevis för klass två moped på sig. De första är välliknande på fotona tycker jag, men det överlåter jag till någon annan att fastställa. Beträffande den siste killen här, så är det ju inget kort på förarbeviset, så därmed kan vi bara anta att det är rätt person, berättade kriminalteknikern.

-Tre unga män i sextonårsåldern med hela sitt vuxna liv framför sig, det är så man ryser! Det blir tungt att meddela deras anhöriga om det här. Har du fortfarande inte sett några tecken på att de tagit sprutor, kvävts eller något liknande? frågade Leila som anslutit.

-Jag har bara kollat efter sticksår i armvecken, så än så länge vet jag inte säkert. Hade de strypts av någons händer eller en snara, skulle jag sett det direkt, men det gör jag inte. Däremot har jag tagit prover på deras blod, så i eftermiddag borde ni kunna få veta om det innehåller något speciellt. Vi är färdiga här, så kropparna kan transporteras till obducenten snart, fortsatte Lisbeth.

-Bra att ni redan är klara, för då kan vi snart släppa på avspärrningarna, svarade Jesper.

-Jag tror att vi borde sätta Ohlsson och Chapman på att söka av alla parker och kanske skolområdet här i närheten med, föreslog Leila.

-Det är en bra idè, jag sätter honom på det innan han sticker härifrån, sade Jesper och vinkade till sig hundföraren.

-Skolan måste väl ha ett välliknande foto på den tredje personen så att vi kan fastställa att namnet på förarbeviset stämmer, eller vad tror du? undrade Leila när Jesper instruerat Ohlsson.

-Man kan ju alltid hoppas att de har tagit skolfoto nyligen och att det går att se något på det. Tyvärr vet man ju att det ibland är omöjligt att se vem det är, för antingen klär de ut sig eller så gör de grimaser och har masker, åtminstone på klassfotona. Enskilda kort tror jag absolut inte att det tas några nu för tiden, men du har rätt att det är i den änden som vi måste börja, svarade Jesper.

-Jag kontaktar rektorn, för Lisbeth hittade måltidskort på alla där det framgår att de går på skolan här bredvid. Sedan får vi gå dit och jämföra bilderna jag tagit på killarna här med deras foton. Kan vi konstatera att det är dem, måste krisgruppen samlas snarast och anhöriga meddelas, fortsatte Leila.

-Ja, det är bara att sätta igång även om det känns fruktansvärt tungt. Jag går bort till fiket där borta och hämtar något att bita i, för något annat hinner vi tyvärr inte. Förhoppningsvis är det mest grundläggande jobbet gjort till lunch, så att vi kan fortsätta sedan med det vi höll på med i morse, förklarade hennes chef.

-Om det flyter på tror jag att vi fixar det, men mycket hänger på om identifieringen går smidigt, sade Leila medan hon ringde upp skolans rektor.

Det bestämdes att Jesper och hon fick komma dit omgående för att jämföra korten, särskilt beträffande killen som bara hade ett förarbevis på sig.

En halvtimme senare var det utom tvivel fastställt att de hade rätt namn på kropparna.

-Vi återkommer när vi har meddelat deras föräldrar om vad som hänt, berättade Jesper för rektorn.

-Jag har varit i kontakt med stationen, och alla tre killarna har anmälts som saknade under natten, sade Leila när de kom ut från skolbyggnaden.

-Jaha, då kommer väl det här inte som en total nyhet. Sådana här uppdrag tycker jag inte om att utföra själv, för reaktionerna är helt oförutsägbara. Har du något emot att vi besöker dem tillsammans? undrade Jesper.

-Det går bra att jag följer med, ska vi försöka få med en präst också? frågade hon.

-Jag tycker att vi ligger lite lågt med det och ser hur det går ändå. Det är så olika numer, en del vill ha ett möte med en präst i de här lägena, andra absolut inte.

Behövs det så får vi rycka dit en omgående när vi är på plats, föreslog hennes chef.

Samtalen med de närmast anhöriga etsade sig för evigt fast i minnet både på Jesper och Leila.

-Jag kontaktar rektorn om att de kan gå vidare med information till skolans elever om att tre av deras skolkamrater är döda, sade Leila när de satte sig i bilen igen.

-Du kan släppa av mig hemma, för jag vill faktiskt

vara själv en stund, sade Jesper när det var lunchdags.

-Det kan jag göra, för jag känner inte heller för att gå ut och äta idag och förresten har jag en matlåda på stationen. Ska jag hämta dig halv ett, så går vi emellan med ett förhör med mannen som lämnat sitt DNA-spår på den stickmördade? undrade hon.

-Ja, så gör vi, svarade Jesper och suckade.

Inom sig undrade han om det egentligen var värt att hålla på som han gjorde. Just risken att bli totalt utbränd bara för att man valt polisyrket, kunde sannerligen diskuteras. Visst fanns det oförglömliga ljuspunkter, som när han under en sökinsats efter en fyraåring var den som hittade honom sekunderna innan pojken var på väg ut på en motorväg. För det mesta verkade det dock mest hela tiden som att de var steget efter och på sin höjd kunde städa upp lite slarvigt. Riktigt frustrerande var när de väl gripit en grov brottsling, så kunde en slipad advokat och ett slappt rättssystem få personen fri inom loppet av några månader. Det som retade Jesper ännu mer, var att förbrytaren på köpet ofta gick därifrån med ett fett skadestånd för att han frihetsberövats och inte kunnat uträtta sin näringsverksamhet under häktningstiden!

-Jag hoppades att du skulle komma hem till lunch, så jag har gjort potatisbullar och knaperstekt bacon till dig! ropade Britta från köket när han klev in.

-Vilken trevlig överraskning! Jag visste inte att du skulle vara hemma nu, har det hänt något? frågade han.

-De ringde från mammografin i morse och berättade att de hade fått ett återbud som jag kunde ta klockan tretton. Därmed tog jag ut ett par timmars komp tills dess, för jag tyckte inte att det var lönt att gå till jobbet innan, förklarade hon.

-Jag har haft en riktig skitmorgon, så det passar utmärkt att vi äter lunch tillsammans. Leila hämtar mig här sedan runt halv ett, fortsatte Jesper.

-Som du vet kan vi prata om det som hänt om du vill, annars hoppar du över. Tar du fram mjölken och lingonsylten från kylen så kan vi äta, föreslog Britta.

-Det är inget jag orkar säga något om just nu, men tack ändå. Tusan vad gott det ska bli, det var så länge sedan vi åt sådant här! utbrast han när han plockade på sin tallrik.

-Ser du inte att jag har rivit morötter med? Jag vet att du inte gillar det, men det är nyttigt, förklarade hon och sköt fram skålen.

-Jaha, det är väl bäst att jag smakar lite då, annars får man väl ingen bulle till kaffet sedan, muttrade Jesper medan han log.

Precis vid halv ett såg han Leila bromsa in ute på gatan, så han gick ut.

-Jag funderade lite på hur vi ska få ut mannen på parkeringen utan att han misstänker något, började Leila.

-Låt höra vad du har för förslag, svarade Jesper samtidigt som han tog på sig bilbältet.

-När vi är på plats och jag har kollat hans bil, kan vi ringa chefen där och säga att en bil med registreringsnumret som hans bil har, står och blinkar som om larmet löst ut, föreslog Leila.

-Ja, det låter bra, för skulle bilen inte ha något larm, så kan ju ändå varningsblinkersen startat av någon anledning. Vad är det du vill kolla på hans bil först? undrade Jesper.

-Vi är ju framme nu, så jag kan förklara om mina misstankar stämmer, annars kan vi släppa det, svarade Leila och parkerade.

Redan på tio meters håll såg hon det hon befarat och ropade till sig sin chef.

-Jaha, så det där är hans bil, vad var det du ville visa? frågade Jesper.

-Jag vet inte om jag är ute och cyklar totalt, men den där bucklan du ser där, får den dig att tänka som jag? fortsatte Leila kryptiskt.

-Nu förstår jag vad du menar och det är absolut en sak som måste kollas upp. Stämmer dina aningar blir det ännu svårare för honom att förneka att han varit där, sade Jesper medan han tog upp sin telefon för att ringa företagets chef.

-Tror du att han misstänker att det är en fälla? frågade Leila när telefonsamtalet avslutats.

-Egentligen tror jag inte det, men vi får räkna med att han vet att polisen är efter honom, svarade Jesper och ställde sig bakom en skåpbil samtidigt som han tog fram sin pistol.

-Är han helt oskyldig vilket är möjligt, misstänker han nog inget alls, sade Leila tyst medan hon satte sig på huk vid ett elskåp, med draget vapen.

-Hej Scotten! Vi skulle vilja prata med dig, så du får följa med till stationen, befallde Jesper.

-Jag har inte gjort något olagligt, dessutom måste jag in och jobba till sexton, svarade Scotten osäkert.

-Jag ringer din chef och säger att du fått förhinder,

sade Leila och gick fram hon med.

-Vad är jag misstänkt för? Tror ni inte på mig, när jag säger att jag är oskyldig? fortsatte han.

-Vi kan ta det om en stund. Allt du säger nu kan användas emot dig, men det känner du väl till sedan tidigare. Du har rätt att kontakta en advokat, antingen väljer du en själv eller får du någon utsedd att försvara dig, förklarade Jesper och satte på honom handbojor.

-Ska det verkligen vara nödvändigt att sätta på mig handfängsel, känner ni mig inte bättre än så? frågade Scotten bestört.

-Det finns bestämmelser för hur vi ska hantera sådana här situationer, det vet du. Det har inget att göra med hur väl vi känner dig, förklarade hon.

-Jag säger inget mer förrän ni fått hit min advokat, sade Scotten när han placerades i baksätet.

-Det behöver du inte heller. Är det någon speciell du önskar? undrade Jesper och satte sig vid ratten.

-Ta Annie Stolpe, för hon har rett ut allting förr, så det kommer hon säkert göra nu med, svarade Scotten.

Tankarna gick till hur tusan de kunde misstänka honom för något. Faktum var ju att både han och Ludvig dolt sina ansikten, haft handskar på sig och definitivt inte glömt något som var deras vid rånet. Var det någon övervakningskamera utomhus där registreringsnumret kommit med, så hade de ju garderat sig mot det också genom att byta ut skyltarna. Att det kunde vara något annat existerade inte i Scottens hjärna.

Med all säkerhet skulle Lisa vända upp och ner på hela tillvaron om det hela inte snabbt som tusan visade sig vara en fullkomlig missbedömning av polisen, antog han.

-Du vet rutinerna, vi tar dig till ett förhörsrum där vi informerar dig om vad du misstänks för. Vill du inte svara på något, så är det din fulla rätt att tiga, berättade Leila när de kom fram.

-Jag säger bara en sak, och det är att det är jäkligt konstigt att ni ödslar tid på att ta in mig på förhör. Det borde ni väl fatta att jag inte håller på och strular nu när det äntligen har ordnat upp sig för mig, sade Scotten.

-Vi vill gärna tro att det är så, men i det här fallet så finns det vissa saker som tydligt talar emot det. Du är oskyldig ända tills du blivit dömd för ett brott. Kan vi inte bevisa att du gjort det du anklagas för, så går du givetvis fri, förklarade han.

-Okej, men det var ju knappast någon nyhet. Vad anklagar ni mig för? bara så jag vet. Det är inte säkert att jag säger något mer innan min advokat kommer, men jag vill ändå veta, sade Scotten.

-Jobbade du i torsdags och vad gjorde du i så fall från tiden när du slutade, tills du började arbeta dagen därpå? frågade Jesper när han sagt datum, tid och vilka som befann sig i förhörsrummet.

-Jag var på jobbet då ja, men om jag höll på med något speciellt tills morgonen efter, kommer jag faktiskt inte ihåg på rak arm. Vad anklagas jag för egentligen? undrade Scotten.

-En mördad person anträffades på ett industriområde utmed din färdväg från Allsvets AB och din bostad. På offret har vi hittat ett tydligt DNA-spår i form av en snorloska i huvudet på mordoffret. Dessutom var offrets bil parkerad i närheten med en intryckt dragkrok.

169

Vår hypotes är att du kört in i hans fordon, för det finns en passande buckla på din registreringsskylt. Vill du förklara hur det hela gått till nu, eller vill du vänta på Annie Stolpe? frågade Jesper.

-Jag har inte rört aset, men det tror ni väl inte på. Helst ville jag fått det här uppklarat direkt så att jag kunde åkt tillbaka till mitt jobb, men jag tror det är bäst att jag väntar tills Annie kommer. Får jag ringa till Lisa och tala om var jag är? frågade Scotten.

-Leila får sköta den biten, det förstår du. Eftersom inte Stolpe dyker upp förrän i morgon bitti, så får du stanna här tills vidare, förklarade Jesper och stängde av ljudupptagningen.

-Vad tror du, är det mördaren vi har där? frågade Jesper när han kom ut till Leila som lyssnat på förhöret i ett rum bredvid.

-Bevisen talar visserligen starkt för att han är skyldig, men jag har ändå svårt att tro att han är kapabel till att mörda någon, svarade hon eftertänksamt. Inom sig mindes dock Leila att hon kommit på Scotten vid ett tidigare tillfälle, med att ha på sig en stilett. Om det var samma stickvapen som använts vid det här mordet var inte klarlagt ännu, men hennes misstankar fanns där. Sedan tidigare visste hon också att han kunde vara våldsbenägen om någon pressade honom för hårt.

-Vi får hur som helst låta Scotten vara kvar här och begrunda vad han varit med om och under tiden gå vidare med hur de tre killarna bragts om livet, förklarade Jesper.

-Ja, ska vi besöka Lisbeth och se vad som framkommit? frågade hon.

-Precis, vi sticker dit direkt, eller vill du fika först? frågade Jesper.

-Givetvis är det läge för en rejäl bullfika först! Din frus bullar var så goda, att jag var tvungen att baka en omgång igår eftermiddag, men tyvärr har jag inga med mig, berättade hon.

-Då får du väl nöja dig med några mandelkubbar som polismyndigheten bjuder oss på, svarade Jesper.

-De är inte så tokiga de heller, är man bara tillräckligt hungrig så fungerar de också.

-Så passande, Lisbeth sitter redan i fikarummet, då kan vi höra med en gång vad de kommit fram till, sade Jesper.

-Alla tre hade tagit epilepsimedicin, så kallade krysstvåor. Ingen av dem hade den sjukdomen, så var de fått tag på läkemedlet blir något ni får utreda, förklarade Lisbeth när de satte sig vid hennes bord.

-Det innebär att någon langat det eller går det som all annan möjlig skit beställa på nätet för vem som helst? frågade Leila.

-Ictorivil heter medicinen och den skrivs bara ut av läkare. Sedan hur de kommit över den har jag inte en aning om. Vissa läkemedel ligger ju faktiskt innehållsmässigt ute på internet, däremot är själva mängden av de olika ingredienserna sällan specificerade. Därmed är det möjligt att någon försökt mixtra ihop egna droger för att tjäna pengar, spekulerade Lisbeth vidare.

-Men hur har de fått i sig medlet, du hittade ju inga märken efter kanyler? frågade Jesper.

-Det har intagits oralt, så det var därför jag inte

såg några sticksår. Analyserna är inte helt färdiga ännu. Det som inte är fastställt är om drogen kommer från ett läkemedelsföretag eller om den gjorts i något litet hemmalaboratorium. Det vet jag först imorgon, fortsatte Lisbeth.

-Det är så hemskt att unga människors liv tar slut alldeles för tidigt på ett så här onödigt vis. Dessutom krossas ju hela tillvaron för familjer, kamrater och vänner, sade Leila.

-Så har det ju varit länge, men tyvärr pekar trenden åt att det accelererar konstant, inte minst sedan internet kom in i våra liv, förklarade Jesper.

-Det är ju delvis vårt fel att det inte hejdats, men jag vet ärligt talat inte vad vi gör för fel. Hela problematiken är så komplex, fortsatte hon.

Nästa tanke som kom upp i Leilas hjärna, var hur det skulle gå för Scotten. Hon hoppades innerligt att det på något sätt fanns en bra förklaring som höll, så att han friades från misstankarna om mordet med stickvapnet.

- - - - -

Kapitel 18

Redan direkt efter frukost på tisdagen stegade Annie Stolpe in på polisstationen i Nyköping. Hon hade tagit tåget ner från Stockholm och under färden hade det getts möjlighet till att sätta sig in i målet angående Scotten, åtminstone ytligt.

-Hej Scotten, då syns vi alltså igen! sade Annie när hon kom in i ett rum där han satt och väntade.

-Hej Annie! Tja, det hade varit betydligt trevligare att mötas någon annanstans än här, men ödet ville väl att det skulle bli på det här viset, svarade han. Inom sig kände han att ansiktet rödfärgades för att han svarat henne som han gjort. Varför det kommit över hans läppar var på alla sätt oförsvarligt, med tanke på att han för tusan var tillsammans med Lisa och att de väntade barn! Att sedan advokaten var oerhört attraktiv trots sin ålder och verkligen kunde klä sig på ett utmanande sätt, var förstås en förklaring till varför hans reptilhjärna fått honom att tänka med något helt annat än sin skalle.

-Jaha, jaså det tycker du! sade hon medan hon böjde sig framåt för att ta upp sin laptop ur datorväskan. Scotten kunde omöjligtvis släppa sin blick i den djupt urringade klänningen som inte lämnade mycket över åt fantasin, men efter några sekunder fick han fram några ord som förhoppningsvis skulle styra in samtalet på ett lite mer seriöst plan.

-Förresten, har du hunnit titta på vad jag anklagas för? frågade Scotten med osäker röst.

173

-Jag har läst igenom bevisningen mot dig på vägen hit. Onekligen är den tyvärr ganska stark, exempelvis DNA-spår som stämmer med dig och även en matchande buckla på din bil som passar med dragkroken som offrets fordon var utrustat med. Visst vill jag gärna tro att du är oskyldig, men på de här grunderna ser det inte speciellt ljust ut, svarade Annie och satte benen i kors.

-Under natten har jag funderat på vad som hände den där eftermiddagen och kommit på att det jag gjorde, nog inte var helt enligt vad som kan tänkas gå under gott uppförande. Men något direkt våld förekom inte, svarade Scotten samtidigt som hans ögon oundvikligen drogs mot Annies bara knän.

-Det är viktigt att du talar om exakt för mig vad som inträffade och vart du tog vägen när du åkte därifrån. Polisen har hittad en stickmördad person på platsen och när du togs in här hade du en stilett på dig! Ingen normal människa går omkring med en sådan på sig, för det är för det första olagligt, kan jag upplysa dig om! berättade advokaten bestämt.

-Jag vet att det var jäkligt dumt att ha den på sig, men för mig blev den som en maskot. Snutarna kommer aldrig hitta en gnutta blod på den som passar på liket de hittade, för jag har aldrig använt den till det, svarade Scotten med trovärdig blick.

-Eftersom ditt DNA fanns i form av en snorloska mitt i kalufsen på offret, så är det lätt för polisen att anta att de är på rätt spår. Dessutom har de funnit katthår på kragen på den som mördats. Har ni en katt hemma hos er? frågade Annie och spände ögonen i honom för att försöka kunna avgöra om han talade sanning.

-Vi har en katt som heter Knasen, men det är Lisas egentligen, svarade han medan han kände hur snaran bokstavligt talat drogs åt kring halsen. Var det någon som försökte sätta dit honom för ett brott som bara han själv visste att han var oskyldig till? Den hemska insikten gjorde att han kände hur svettig han blev och han tänkte på hur fruktansvärt olustigt tillvaron utvecklat sig på mindre än ett dygn.

- - - - -

-Hur tungt det än är för killarnas föräldrar, så måste vi begära att få göra husrannsakningar i deras hem! Vi behöver absolut få veta om det finns mer Ictorivil hos dem, för i så fall måste det ju förhindras att någon mer får i sig det, förklarade Jesper.

-Jag ordnar en ansökan hos åklagaren om det direkt. Du antar att de fått det utskrivet av någon läkare med andra ord, sade hon fundersamt.

-Nej, det är inte alls säkert att det är på det viset. Som Lisbeth påpekade, så kan det vara något preparat som de antingen tillverkat själva eller så har någon annan gjort det. Oavsett vilket så borde Chapman hitta medlet om det finns i deras hem, förklarade hennes chef.

-Jag har tänkt en hel del på deras dödsfall och det du säger är nog den snabbaste vägen för att komma framåt i utredningen. Eftersom de inte handgripligen dödats på platsen där de låg, så måste vi ta reda på var de fått tag på drogen, spekulerade hon.

-Parallellt går vi vidare med förhör av skolans personal idag, för allt sådant blev ju inställt igår. Om någon inte infinner sig är det självklart ett rejält varningstecken, för då är det kanske den skyldige som gått under jord, fortsatte Jesper.

-Låter realistiskt, vill du att jag kontaktar skolledningen om att vi vill hålla förhör med samtlig personal idag, eller ordnar du det? frågade Leila.

-Fixa åklagaren du, så ringer jag skolan. Scotten och advokaten är väl i bästa fall färdiga för ett förhör i eftermiddag, men det kan lika gärna bli imorgon, fortsatte hennes chef medan han knappade in numret till rektorn.

-Vi fick grönt ljus från åklagaren om att göra husrannsakan hos föräldrarna, berättade Leila när Jesper tryckte på röd lur efter att han pratat med rektorn.

-Bra, vi sätter Ohlsson på det själv. Jag vet att han är utomordentligt duktig på att ta människor som hamnat i svåra situationer, så han får ta med sig jycken och höra av sig till teknikerna om det finns något misstänkt där, förklarade han.

-Vad bestämde du med skolan, jag menar, när ska vi vara där? frågade hon.

-Klockan är ju snart elva och jag förmodar att din mage redan ropar efter lunch, så jag sade att vi kommer tolv och trettio, förklarade Jesper.

-Det har du alldeles rätt i, för nu har det gått lång tid sedan vi hade förmiddagsfika! Det serveras lunchbuffè på hotellet som jag tror skulle fungera, ska vi sticka direkt? frågade hon och reste sig från stolen.

-Jag ser på dig att det redan är dags och hotellet blir bra. Ska vi gå dit så vi får lite frisk luft på vägen? undrade han.

-Ser härifrån när jag tittar ut att det nog kan börja regna närsomhelst, så jag föreslår att vi tar bilen, svarade Leila och höll upp bilnycklarna som hon redan plockat fram.

- - - - -

Det stod i anteckningarna om dig att du åkte bil från ditt arbete i torsdags. Att du kört in i offrets bil står väl utom allt rimligt tvivel, såvida han inte backat in i din Volvo. Jag kan tänka mig att händelsen lett till en dispyt där du bland annat spottat på honom, så långt hänger jag med på hur du tänkt. Det jag inte kan begripa, det är varför du tog din stilett och dödade personen när du istället kunde nöjt dig med att bara dra därifrån, spekulerade advokaten.

-Dina slutsatser stämmer bra, jag kan upplysa om att aset nitade fullt för att jag skulle köra in i honom. På nästa punkt har du också rätt, visst hade vi en kort men hetsig diskussion som avslutades med att jag råkade spotta på honom, för enligt mig så stod han och bad om det. Sedan åkte jag därifrån och hyrde en tvätthall, men jag har nog inget kvitto kvar, svarade han bekymrat.

-Såg du någon mer på platsen innan du åkte för att tvätta bilen? frågade Annie.

-När du säger det, så var det faktiskt en person som kom fram till honom när jag åkte därifrån, för det såg jag i min backspegel, förklarade Scotten.

-Du får ge mig adressen till tvätthallen så syns du säkert där på någon övervakningsfilm. Om du betalade med kort kan vi också se när det drogs i deras kortläsare. Har du alibi för resten av kvällen eller hur ser det ut med det? undrade hon vidare.

-Lisa och jag for till Nyköpingsbro och firade att jag köpt bilen. Sedan åkte vi helt enkelt hem, fortsatte han.

-Obducenten borde vid det här laget kunna precisera närmare vilken tid som mannen dödats, jag ska kolla upp det. Kände du förresten igen honom sedan tidigare eller var det första gången som du såg personen? frågade hon vidare.

-Jag kan inte minnas att jag sett typen tidigare, däremot fick jag intrycket av att det inte var första gången som han tvärbromsade för att få ut pengar från försäkringsbolaget. På samma gång verkade han jäkligt nervös för något, men det kanske bara var för att han såg att jag var tjugo centimeter längre än han själv. Möjligt att han var rädd för att få stryk, fortsatte Scotten.

-Jaha, det har jag också antecknat nu. Vi nöjer oss med det här så länge, så ska jag kontakta obducenten och höra vad hen säger, svarade Annie innan hon stängde av sin laptop och lade ner den i väskan.

Plötsligt hajade Scotten till av att han återigen satt och spanade ner i hennes urringning. Snabbt flyttade han upp blicken på väggen där en konstig tavla var uppsatt.

- - - - -

-Jag gillar det här stället skarpt, för så fort man tömt en tallrik, så kommer det en kypare och hämtar den medan man själv kan gå och hämta mer, förklarade Leila.

-Jaha, men annars är det väl bara att ställa den gamla tallriken åt sidan om man nu vill ha en ren för nästa laddning, sade Jesper.

-Visst är det så, men det kan bli lite pinsamt om någon har en hel hög med tallrikar bredvid sig. Då tänker nog folk runt omkring, att där sitter det en person som tycker mycket om mat, svarade Leila.

-Så kan det förstås vara, men tror du inte att de drar den slutsaten ändå? undrade hennes chef.

-Nej, det tror jag inte. Nu är det dags för efterrätt. Jag såg att de bjöd på chokladpudding och grädde! Det är ju så himla gott! utbrast hon.

-Jag tror att jag står över, men kaffe vill jag ha! Ska jag ta en kopp till dig med? frågade Jesper.

-Ja tack, det kan du gärna göra, annars är risken stor att man blir alldeles slö i eftermiddag, förklarade hon.

-Jag tror vi kan beta av de flesta som är anställda på skolan redan under eftermiddagen. När jag letade efter ett standardformulär i polisens databas, så fanns det faktiskt ett med femton frågor som vi kan ställa till dem. Passande nog så ansluter Linn dit och hjälper oss med utfrågningarna, berättade Jesper när Leila kom tillbaka med sin dessertskål.

-Ja, det är klart, att avsätter vi cirka tjugo minuter per lärare och är tre stycken, så är det nog inte omöjligt. Hur kommer det sig att Linn kommer som först i eftermiddag, jag menar, halva arbetsdagen har ju redan gått? frågade hon.

-Det enda jag hörde, var att hennes läkare sagt att hon var arbetsför från och med nu, mer vet jag inte, svarade hennes chef medan han grimaserade för att kaffet smakade beskt.

-Jag håller med dig, allt på det här matstället var perfekt utom den här smörjan! Man kan ju tro att bryggen stått på sedan igår, sade Leila och ställde ner sin kopp.

-Visst, men det är inget att göra något åt nu. Är du

färdig så vi kan sticka? undrade han.

-Japp, nu mår jag som en prinsessa! Ser du nu att det var tur att vi tog bilen? Hade vi gått så hade vi blivit genomsura av regnet, påpekade hon när de kom utanför.

-Det här kallar jag inte regn, för det syns ju knappt att det kommer någon nederbörd. Precis så här ska det vara i det här landet den här månaden, för det hör till, förklarade Jesper.

-Så du menar att man var tolfte månad ska räkna med att det är så här fruktansvärt hög luftfuktighet! Hade det varit minusgrader hade det förmodligen legat en decimeter snö här nu, men det hade ju haft det goda med sig att det lyst upp lite, sade Leila.

-Men nu är det fortfarande några plusgrader och då blir det så här. Säger man att det är novemberluft, så är jag säker på att alla vet vad man menar, sade han medan han tog plats i bilen.

-Det är väl tur i sådana fall att det bara är så här en månad om året då. Hade det varit så här jämt, borde människorna på de här breddgraderna utrustats med gälar och fiskfjäll, sade Leila och huttrade.

-Ah, du bara gnäller, men sätt gärna på full värme för jag fryser, sade Jesper.

-Där ser du, inte ens du tycker att det här vädret är något att ha! Jag har i alla fall något härligt att se fram emot. Om drygt en månad reser jag och Petter till Teneriffa och det ska bli underbart! fortsatte Leila.

-Men efter jul vänder det ju här och blir ljusare, så det kommer säkert bli väldigt njutbart här då med. Där framme ser jag förresten Linn, berättade Jesper.

-Perfekt, har du formulären i mappen i baksätet? frågade Leila när de parkerade.

-Ja, jag tryckte upp trettiosex stycken, så vi kan ta tolv var, svarade Jesper och klev ur bilen.

-Linn har visst träffat rektorn där, påpekade Leila och nickade mot trappan där de stod.

-Jaha, det ser jag nu. Hoppas att all personal finns här i eftermiddag så vi slipper göra efterforskningar sedan, sade Jesper.

-Hej! Alla är här förutom en vikarie, en vaktmästare samt skolkuratorn, sade Linn som hört vad Jesper sagt.

-Helst hade jag velat söka upp dem först, för jag ger mig tusan på att den skyldige är någon av dem, men det är bara en känsla jag har, förklarade Jesper besviket.

-Det ligger nog något i det du säger, men det går ju inte utan vi måste köra förhören med dem som är här, svarade Leila.

-Jag vet att det är så, även om jag befarar att det är meningslöst, sade Jesper.

-Det kan ju faktiskt också vara så, att den skyldige är bland de som är här idag, just för att inte väcka våra misstankar, sade Linn.

- - - - -

Kapitel 19

-Hej Lisa! Vilken överraskning att du kommer nu, har det hänt något? frågade Ebba när hon öppnade dörren.

-Hej! Jo, det kan man lugnt säga, har du tid att prata med mig en stund, eller är du på väg någonstans? undrade Lisa.

-Jag har fått en del lektioner inställda idag och imorgon för en lärare var sjuk, så jag åker till Norrköping först i morgon. Du ser alldeles förstörd ut, kom in! svarade Ebba.

-Polisen ringde i eftermiddags och berättade att Scotten var intagen till förhör, men de nämnde inte vad han gjort! Du vet inte om han har sagt något till Ludvig om vad han sysslat med? undrade Lisa medan hon satte sig på hallgolvet.

-De där två kan ju hitta på en del märkliga saker ibland, men det tror jag aldrig att de skulle berätta för någon av oss. Det låter konstigt om min bror strular nu när han på riktigt börjat få ordning på sitt liv, spekulerade Ebba och satte sig bredvid henne.

-Precis så resonerade jag också först när snuten hörde av sig, men sedan tänkte jag, att det vill väl till att de har ganska goda skäl för att plocka in någon. Alltså, är han inblandad i något så att han hamnar i fängelse, då vet jag ärligt talat inte vad jag tar mig till, sade Lisa uppgivet.

-Vi får hoppas att det inte är på det viset, utan att det bara rör sig om något misstag. Eftersom han tidigare varit inblandad i vissa grejer, ligger det nog nära till hands att de kollar honom bland de första, sade Ebba.

-Jag kan tänka mig att de resonerar på det viset, men ändå. Tror du att jag kan stanna här inatt? för jag känner att jag behöver snacka lite mer med någon. Hemma har jag ju just nu bara Knasen och en hund, undrade Lisa.

-Det är klart att du kan göra, jag sätter på varm choklad så kan vi rosta skivad franska att äta till, föreslog hon.

-Tack, det vore snällt. Var är Ludvig förresten, har inte han slutat jobba för dagen? frågade Lisa.

-Han skulle visst arbeta över i kväll, för det hade han planerat sedan länge. I och med att jag egentligen skulle varit i skolan, så tyckte han att han lika gärna kunde vara kvar på TV-firman, förklarade Ebba.

- - - - -

Scotten vaknade med ett ryck av att något skramlade till bara en liten bit ifrån honom. Först visste han inte var han befann sig, men snart förstod han att det var på en av de värsta platserna som fanns. Oljudet han hört var av frukostbrickan som fösts in, och tack och lov så såg det som var på den riktigt aptitligt ut, tänkte han och satte sig upp. Scotten förstod att det var bäst att äta ganska omgående, för med all säkerhet skulle förhören fortsätta så fort som advokaten och poliserna var på plats.

-Förhöret drar igång om en halvtimme, så vill du duscha innan så får du göra det nu, sade en väktare bestämt medan han satt och åt.

-Godmorgon på dig själv! Jo, jag vill gärna göra det, jag har ätit upp om några minuter, svarade Scotten.

Trettio minuter senare satt han i förhörsrummet och var lite förvånad över att allt kändes rätt skapligt, trots omständigheterna. Om det berodde på att Annie

gett honom förhoppningar om att det kanske inte var helt
kört, var möjligt. Det kunde i och för sig bero på ett par
så banala saker som att han fått en god frukost samt en
dusch nyligen, eller också var det en kombination av
dem tillsammans, spekulerade Scotten för sig själv.

-Morrn Scotten! sade Annie när hon kom in till honom.

-Hej! tror du att jag släpps fri idag? frågade han
samtidigt som han utan att han egentligen ville det,
tittade noga på vad hon hade för kläder på sig. Helt klart
hade hon bytt, men de var lika utmanande, konstaterade
han och suckade.

-Riktigt så enkelt är det inte, för de fann ju även katthår
på offrets krage. Om det matchar med er kisse, så är
bevisningen fortsatt stark mot dig. Dessutom är
analysen om din stilett använts vid mordet fortfarande
inte klar. Obducenten har fastslagit att mannen dödats
någon gång mella sexton och nitton på torsdagskvällen.
På den punkten ser det alltså inte ut som att vi har trumf
på hand. Även om jag gärna vill tro på din berättelse, så
är det onekligen en del som talar för att du är skyldig. Vi
får hoppas att personen du såg i backspegeln när du
åkte därifrån på något sätt kan identifieras, förklarade
advokaten.

-Jag såg ju honom så otydligt, så något signalement kan
jag tyvärr inte lämna på hen. Ska de inte kontrollera om
katthåren verkligen kommer från Knasen, för så mycket
kan jag lova, att jag har inte rört personen, förklarade
Scotten.

-Jag vet att de kommer undersöka den saken idag. Är
det som du säger är det ju åt rätt håll för dig,

fortsatte Annie.

-Det brukar ju alltid snackas om motiv för att döda någon, det kan de väl inte påstå att jag hade i alla fall! sade Scotten undrande.

-Du ska veta att det har skett många mord bara för att folk blivit oense efter en kollision mellan fordon, så det kommer åklagaren helt klart trycka på. Jesper från polisen skulle komma om några minuter bara, är det något mer du vill säga till mig innan han kommer? undrade hon.

-Nej, jag vet inte vad det skulle kunna vara i så fall, svarade Scotten eftertänksamt.

-Okej, då gör vi det bästa av det hela. Har vi en jäkla tur så begår gärningsmannen något annat brott inom kort, förhoppningsvis inte så grovt, men ändå så pass att DNA-spår hittas, förklarade Annie samtidigt som Jesper knackade på dörren.

-Godmorgon! Då har jag med färska undersökningsresultat angående stiletten i vart fall. Det har framkommit att det inte är samma, så på den punkten ser det ljust ut för dig, berättade Jesper och satte sig mitt emot dem.

-Har ni kollat hårstråna med? jag vet att jag inte rörde honom över huvud taget, fortsatte Scotten undrande.

-Leila har varit hemma hos din flickvän på morgonen nu, innan hon skulle till klädbutiken och jobba och tagit ett hårstrå från er katt. Det skickas till SKL under dagen och vi har markerat det som brådskande. Hur lång tid det tar för dem att jämföra med det vi fann på mordoffret, vet jag inte, förklarade Jesper.

-Kan ni fortfarande hålla min klient nu när ni vet

säkert att det inte var Scottens stilett som användes vid mordet? frågade Annie.

-Det räknar jag med och det tror jag att åklagaren är inne på också. Varken du eller jag kan ju med säkerhet säga att Scotten bara hade ett stickvapen på sig. Dessutom har ju mordet begåtts mellan fyra och sju på kvällen. Som du vet är det ju under den tiden Scotten själv sagt att han befunnit sig på platsen, förklarade Jesper.

-Bedrivs det någon efterforskning av mannen som Scotten såg i backspegeln? frågade advokaten.

-Bevisningen är fortfarande så pass stark mot Scotten, att vi inte finner någon anledning till att leta efter någon annan. I och med att han kanske haft fler stiletter på sig och bara gjort sig av med den som användes vid mordet, så pekar det fortfarande mot att han är skyldig. Vi får väl se hur det går med katthåren. Jag är inte säker på att det ensamt kan leda till ett fastställande av vem som är skyldig, men det borde ge oss ett tydligare svar, sade Jesper samtidigt som han hörde Leila påkalla hans uppmärksamhet i hörsnäckan.

-Behöver du ta en paus, så kan vi passa på att hämta lite fika, föreslog Annie.

-Ja, det vore nog bra om vi kunde göra det. Leila avbryter inte ett förhör om det inte finns goda skäl till det, utan det är säkert något viktigt, svarade Jesper och gick ut från förhörsrummet.

-Vi har larmats om att ett överfall som skett i en lägenhet i Ekensberg, ska jag och Linn sticka på det eller vill du att någon av oss tar över förhöret? frågade Leila.

-Ni kan åka på det, så fortsätter jag lite till med

Scotten, svarade Jesper.

-Okej, vi får se om vi behöver kalla på förstärkning, för enligt grannen som ringde, så var det ett ungdomsgäng som trängt sig in hos grannen och misshandlat honom, förklarade hon.

-Se till att försök samla så mycket spår och vittnesberättelser som möjligt. Säg till Lisbeth redan nu att hon försöker komma dit så snart hon kan, medan spåren är färska, förklarade han innan han gick tillbaka in i förhörsrummet.

-Kom Linn! så sticker vi. Jag kan köra, så får du passa på att kontakta kriminalteknikern på vägen, sade Leila medan hon drog på sig sin skottsäkra väst.

-Okej, men bör vi inte vara fler om vi ska ge oss på ett helt ungdomsgäng? frågade Linn oroligt.

-Vi får se hur läget är när vi kommer fram. Enligt personen som ringde, så hade de gett sig av därifrån redan, förklarade Leila medan de rusade ut till bilen.

-Det är ju hemskt hur det har utvecklat sig i bostadsområdena, jag förstår om vanligt folk börjar bli rädda på riktigt. Tidigare har överfallen skett under dygnets mörka timmar utomhus, men den senaste trenden verkar vara att de tränger sig in hos folk när som helst, sade Linn när de var på väg.

-Ja, det är för jäkligt. Hoppas Lisbeth kan säkra spår efter förövarna så vi får veta vilka de är, fortsatte Leila.

-Sedan är det ju som vanligt risk för att de spår hon finner, inte ger några matchningar i vårt DNA-register, spekulerade Linn.

-Det ligger helt klart en stor risk för att det är på det viset som du förmodar, särskilt när det är ett gäng ungdomar som varit i farten. Jesper har ibland sagt att det mest effektiva hade varit om det upprättades DNA-uppgifter på alla människor redan när de föddes. Det skulle även vara obligatoriskt att alla nu levande människor tvingades lämna ett prov, för då skulle vi slippa ligga steget efter. I början tyckte jag att det var lite väl mycket kontroll på var och en, men fasen vet om jag inte börjar hålla med honom, fortsatte Leila samtidigt som hon parkerade en bit därifrån.

-Härifrån ser det tämligen lugnt ut, eller vad tror du? undrade Linn.

-Jag håller med dig, vi går in. Krävs det får vi skjuta varningsskott i värsta fall, jag menar om vi blir attackerade, svarade Leila.

-Ambulanspersonalen har bett oss ge klartecken när de kan gå in, så vi får hoppas att personen inte är allvarligt skadad, för då är väl risken att han inte överlever ganska stor, sade Linn.

-Dörren är uppbruten och det verkar inte som förövarna är kvar. Jag känner att mannen fortfarande har puls, men han blöder ymnigt från skallen! Kalla hit ambulansfolket direkt! ropade Leila hysteriskt.

-De är här inom några minuter. Det verkar som att ligisterna blivit avbrutna av något, för plånboken ligger kvar här, berättade Linn och tog upp den.

-För tusan! den skulle du låtit ligga kvar tills Lisbeth fått undersöka om det fanns spår på den! Det är möjligt att någon i gänget gått för hårt åt mannen, så det var därför som de snabbt flydde härifrån, fortsatte Leila.

-Nu är jag på plats, hoppas ni inte förstört för mycket, sade Lisbeth när hon en stund senare stegade in iförd sin skyddsdräkt.

-Den överfallna mannen var fortfarande i livet, så han är förd till sjukhuset alldeles nyligen. Möjligt att sjukvårdspersonalen lämnat spår här, men det var i så fall oundvikligt, berättade Linn.

-Jag vill att ni går ut omedelbart och gör något annat. Ska jag ha en rimlig chans att hitta gärningsmännens spår här, så måste ni härifrån! fräste Lisbeth ilsket samtidigt som hon blängde mot dem.

-Vi förstår vad du menar, så vi passar på att kontrollera om fler grannar kan ge oss några upplysningar, svarade Leila.

-Det var värst vad hon var på hugget, beter hon sig alltid som en klimakteriekossa? frågade Linn när de kom ut i trapphuset.

-Lisbeth är otroligt duktig och jag förstår faktisk att hon blev upprörd, svarade Leila innan hon ringde på en dörr till en lägenhet som låg mitt emot den överfallnes.

-Typiskt, det verkar inte som att någon är hemma, sade Linn efter ett tag och ingen öppnat.

-Kan vara som du säger, eller så vågar den som bor här inte öppna. Vi får ta reda på vad de som bor här har för telefonnummer och ringa dem också, förklarade Leila.

-Ska vi dela på oss och ringa på hos hälften var, och de som inte öppnar ringer vi sedan? undrade Linn.

-Ja, vi får göra det. Jag kan börja längst upp i huset, så får du ta bottenvåningen först och sedan gå uppåt. Se till att hålla upp din polislegitimation så de ser varifrån vi kommer, förklarade Leila.

En timme senare var de färdiga och åkte tillbaka till stationen. Ungefär hälften hade öppnat, så det var bara till att försöka få tag i resten genom att ringa, eller genom ett senare besök.

-Jag fick precis ett samtal från hundförare Ohlsson. Han berättade att Chapman vittrat fram droger hemma hos två av offren som intagit Ictoviril, dessa är också skickade till SKL, sade Jesper när de kom tillbaka.

-Jaha, vilka slutsatser kan vi dra av det? frågade Linn fundersamt.

-Ohlsson sade att de inte kunnat se spår efter någon tillverkning av preparatet hos dem, så antingen har de beställt drogen på nätet eller så har de köpt den av någon. Om det handlar om det senare, så är det tyvärr troligt att det här bara är början på ett isberg. Risken är överhängande att det sålts till betydligt fler personer, spekulerade Jesper.

-Förhören vi genomförde igår eftermiddag, har du sammanställt dem? frågade Leila.

-Ja, min uppfattning är att det inte är någon av dem vi pratade med som är skyldig. Mellan raderna framkom det att särskilt vikarien och skolkuratorn betett sig aningen mystiskt. Det var ingen som direkt pekade ut dem, men jag är säker på att vi måste försöka att få tag på dem snarast, berättade Jesper.

-Ska vi plocka in dem, eller måste vi ha ett beslut av åklagaren på det? undrade Leila.

-Problemet är att vi inte får tag på någon av dem, inte på telefon i alla fall. Det kan tyda på att de gått under jord, fortsatte Jesper samtidigt som hans mobiltelefon ringde.

-Det kanske inte är meningen att vi ska lyssna på det här samtalet, så vi går till mitt kontor så länge, sade Leila till Linn.

-Jaså, varför tror du det? undrade hon.

-Jag känner min chef väl. När han svarar och vänder sig bort, då är det antingen något privat eller hemligt som inte angår någon annan, förklarade Leila och log.

-Jaha, alltid lär man sig något. Han kanske har en älskarinna ,eller vad tror du? frågade Linn och skrattade.

-Det tror jag faktiskt inte, men även om han har det, så tycker jag att det är hans ensak, förklarade Leila innan Jesper kom in till dem.

-Det var Lisbeth som ringde, och hon lät jäkligt förbryllad. Hon hade nämligen funnit katthår hos den överfallne som var förbaskat lika dem som fanns på mordoffrets krage förra veckan, berättade Jesper.

-Tänk om det är samma gärningsman vi har på två så vitt skilda brott. Det känns som om det är något som inte stämmer alls här, sade Leila.

-Vet de om det kommer från samma katt, eller är det bara ett antagande än så länge? undrade Linn.

-Helt säkert är det inte, men vi lär få veta det under morgondagen, svarade Jesper med ett brett leende.

- - - - -

Kapitel 20

Efter en kämpig arbetsdag, sträckte Leila ut sig i soffan
när hon kom hem. Petter hade skickat ett meddelande
att han var tvungen att jobba över, så hon var ensam
hemma åtminstone ett par timmar till. Samtidigt som hon
njöt av att få ha soffan för sig själv och lyssna på sin
favoritmusik, så kände hon sig lite rastlös. Tiden fanns
för att laga mat till dagen därpå, men det var inget som
lockade, så det fick vänta. Att fylla badkaret kunde vara
härligt efter att ha gått och småfrusit hela dagen, men på
något konstigt sätt kändes det för jobbigt, tyckte hon.
Plötsligt kom Leila att tänka på Lisa som med all
säkerhet satt ensam hemma, för någon Scotten skulle
inte komma hem den närmaste tiden. Visserligen hade
det framkommit att Lisa sovit över hos Ebba när Leila
ringt och begärt att få ta ett katthår från Knasen, men
det hade tydligt synts på henne att hon led som bara
den, av att vara själv. Leila hade även tyckt sig se att
Lisa väntade barn, men funnit det lämpligast i att inte
säga något, för möjligheten fanns ju att hon misstagit
sig. Ju mer Leila funderade på deras ansträngda
situation, desto billigare kände hon sig själv. Här låg hon
och velade ifall det var att laga matlådor som gällde,
eller om hon skulle ta ett långt härligt bad. Detta skedde
förmodligen samtidigt som både Lisa och Scotten led
alla helvetes kval, eftersom det som skett, mycket väl
kunde spräcka deras förhållande. Som om inte det var
nog, fanns möjligheten att deras förmodade barn skulle
bollas mellan dem redan

från födseln.

-Satfläsk, det här håller inte! Nu ska här lagas mat och blir det tid över ska jag sätta på en maskin tvätt, sade Leila bestämt till sig själv och reste sig upp ur soffan.

Med en jäkla fart gjorde Leila åtta matlådor åt Petter och sig själv och precis när hon tryckt igång en maskin tvätt, hörde Leila att det ringde på dörrklockan.

-Hej älskling! Det luktar mat i hela trapphuset, jag fattar inte hur du orkar, utbrast Petter medan han tog av sig sina skor.

-Det räcker med att man funderar en stund på hur många andra människor har det, så går det oftast att orka med det mesta, förklarade Leila och kysste honom.

-Jag förstår hur du menar, typ att det finns alltid någon som har det värre. Men det är ju så, att har man det riktigt jävligt själv, så tror jag inte att man tänker på det viset, fortsatte Petter.

-Visst, står man med en pistol riktad mot sig, så är det väl långsökt att tycka att man har det skapligt, men det är ju lyckligtvis ganska sällan som man råkar ut för det, sade hon.

-Nej, men där ser du själv att din hypotes inte fungerar jämt, svarade han och skrattade.

-Det är inte så länge sedan jag läste en artikel där det stod att det fanns stora fördelar i, att mot dagens slut försöka plocka fram tre saker som man borde vara tacksam för. Jag tror det räcker med sådana grejer som att man kan gå obehindrat, se skapligt samt kanske ha hjälpt någon, förklarade Leila.

-Låter djupt, men om jag ska försöka förklara vad som varit okej för mig idag, så är det endast en ren "skitsak", berättade Petter.

-Säg vad det är, så kan jag nog fylla på med ett par punkter till, fortsatte hon.

-Min avföring var jämn och fin i morse, är det en punkt som är okej? frågade Petter och skrattade.

-Ibland pratar du så mycket skit att jag inte orkar lyssna på dig! När du är sådan där, så ångrar jag att jag gav dig en kyss när du kom hem, förklarade hon.

-Förlåt älskling, jag ska försöka skärpa mig. Varför jag inte köper allt du säger nu, beror på att dagen varit i det närmaste värdelös för mig. Det började med att min laptop slank ur näven när jag kom till tidningen, varpå skärmen sprack. Otroligt nog, så kraschade hårddisken på min stationära dator en timme senare och hur mycket som gått förlorat vågar jag inte tänka på, för långt ifrån allt var säkerhetskopierat. Sedan har det hållit på och strulat hela dagen, det senaste var att jag steg snett här utanför på en trottoarkant och vrickade foten, berättade Petter och pustade.

-Det låter verkligen som du haft en bottendag, men du kan ju glädja dig åt att du som sagt fick en puss av mig nyss, dessutom finns det en tallrik med mat i kylen som du bara har att värma, sade Leila.

-Tack, det låter verkligen toppen! Men det där är ju faktiskt bara två grejer som är positiva, jag vill minnas att du nämnde att det skulle vara tre, fortsatte Petter.

-Du har ju minne som en fiskpinne, har du glömt att din avföring var jämn och fin i morse? Där har du tre grejer att vara tacksam för. Förresten, du kan gärna få diska när du käkat, det är en del kastruller och grytor med sedan jag lagade mat. Jag är nämligen lite trött i ryggen nu och behöver vila ett tag, förklarade Leila och lade sig i soffan.

Lite senare vaknade Leila till av att Petter pratade med henne.

-Har du somnat här i soffan? Kom så går vi och lägger oss i sängen, sade Petter.

-Ojdå, jag slumrade visst till en stund, svarade hon. Med trötta ögon såg hon att klockan passerat tjugotre, så hon måste ha nickat till ett par timmar åtminstone.

-Ska jag sätta larmet på halvsex, blir det lagom? frågade han.

-Ja, gör det. Jag ska bara borsta tänderna, så kommer jag, fortsatte Leila och gick mot badrummet.

En stund senare hade hon somnat igen och väcktes på morgonen hyggligt utvilad av väckarklockans pipande.

-Fasen vad du har snarkat hela natten! Jag har knappt fått en blund i ögonen, sade Petter och gäspade stort.

-Det har jag inte märkt, så det stämmer säkert inte. Fixa gröt du, så tar jag en dusch direkt, föreslog Leila och hoppade upp ur sängen.

-Livet är ju underbart, undrar hur jag ska kunna skrapa ihop tre bra saker idag, muttrade Petter medan han släpade sig ut till köket.

-Jag hör inte vad du säger älskling, men du behöver inte salta gröten så mycket som igår, ropade hon inne ifrån duschen.

Petter fann det lönlöst att svara, så han lät bli. När han skulle duka, tappade han en tallrik så att den gick mitt itu.

-Det var ju positivt i alla fall, att inte tallriksaset delades i tusen bitar, utan bara två! Där har vi första grejen idag som är bra! sade han tyst och log ansträngt för sig själv.

-Idag har du fått gröten perfekt, så kan du göra den i fortsättningen med! Jag sticker till stationen lite tidigare idag, för det är så jäkla intensivt där nu, förklarade hon.

-Men det är väl intressant och kul på samma gång, för annars hade du väl inte sett så förväntansfull ut? spekulerade Petter.

-Klart att jag trivs för det mesta, men ibland inträffar det ju en del som inte är så trevligt. Det är väl likadant på ditt arbete kan jag tro, svarade Leila.

-Visst är det på det viset. Jag går till badrummet nu. Puss på dig älskling så syns vi ikväll, sade Petter och ställde bort sin tallrik på diskbänken.

-Jag älskar dig, hejdå! sade Leila som redan höll på att ta på sig sina ytterkläder.

När hon kom ut var det fortfarande mörkt och den förbannade novemberluften som hennes chef tjatade om, var högst påtaglig. Efter att hon dragit upp sin halsduk ända till munnen, trampade hon iväg väl sammanbiten.

Nästan framme vid jobbet, såg hon att hennes chef var en bit framför henne.

-Godmorgon Jesper, cyklar du så sakta för att du vill passa på att njuta av vädret lite extra? frågade hon och skrattade.

-Visst är det underbart, den som inte vaknar fullständigt när det är så här, den tror jag knappast finns, svarade Jesper glatt.

-Tjaha, smaken är väl liksom baken delad. Jag känner på mig att vi får ett genombrott i utredningarna idag. Jag kan inte precisera på vilket sätt, men vi får se om jag har rätt, sade Leila.

-Det kan mycket väl vara så, vi får hoppas att det stämmer. Jag tror att SKL har mycket att göra för jämnan, men i det här fallet gäller det ju att gripa en mördare som går lös, så förhoppningsvis lägger de andra ärenden åt sidan så länge, spekulerade han.

-Antagligen har Lisbeth och hennes kollegor också lagt in en högre växel, inte minst med tanke på att ungdomsgänget som misshandlade den äldre mannen snarast måste gripas. Dessutom är jag säker på att hon kan påskynda viktiga utredningar rejält, för det har hon visat tidigare, fortsatte Leila medan de ställde sina cyklar under skärmtaket utanför polisstationen.

-Godmorgon! vilket jäkla skitväder det är idag ropade Linn från trappan till dem.

-Säg inte att vädret är dåligt, för Jesper gillar det här! Jag föreslår att vi går till Lisbeth direkt och frågar om det framkommit något nytt, jag ska bara ställa in min matlåda i kylen, sade Leila.

-Först kan jag kolla mailen bara, för det är möjligt att hon har skickat något via den, svarade Jesper och knäppte upp sin jacka.

-Hur har du tänkt dig arbetsfördelningen idag? undrade Linn.

-Vi får se lite vad som framkommit medan vi inte varit här. Det är till och med möjligt att vi kan ringa in vilka ungdomar som misshandlade den äldre mannen, förklarade deras chef.

-God dag! utbrast Lisbeth sarkastiskt, trots att klockan bara var sju när de kom in till henne.

-God morgon säger vi, har du arbetat hela natten? frågade Leila som var först in genom dörren.

-Jag gick hit runt tio igår kväll, och sedan har jag tillsammans med SKL i Linköping gått igenom alla provsvar, förklarade kriminalteknikern samtidigt som hon förgäves försökte kväva en gäspning.

-Då har du all anledning att ta ledigt snart. Nu är vi spända på vad ni hittat, sade Jesper förväntansfullt när han anslöt efter att ha sett att mailkorgen inte innehöll något intressant.

-Det visade sig att det finns ett samband mellan likvideringen med en stilett och mordet på den gamle mannen som överfölls i sin lägenhet, berättade Lisbeth.

-Vad säger du, har mannen avlidit av sina skador han fick vid misshandeln? frågade Linn bestört.

-Ja, tragiskt nog så dog han i natt, så någon beskrivning av gärningsmännen från hans sida blir det inte. Läkaren som jag pratade med nämnde att personen inte var stark innan och hade med all sannolikhet inte levt mer än ett år till, men det fanns visst de som inte ens unnade honom det, muttrade Lisbeth vidare.

-Fy tusan vad rått! Jag blir så förbannad när gamla människor drabbas! Jag menar, de har ju oftast inga möjligheter alls att försvara sig, sade Jesper med hög röst.

-Nej, för det första det du säger, men också för att de äldre sällan har något som är värt att stjäla, inflikade Linn.

-Visst är det som ni påtalar, jag är säker på att de flesta håller med er. Hur som helst, ska jag fortsätta med vad vi kom fram till inatt? frågade Lisbeth.

-Givetvis, ursäkta att jag avbröt dig, men ibland händer det bara för mycket elände på en gång, förklarade Jesper.

-Vi fick fram DNA-spår och fingeravtryck på tre av gärningsmännen och samtliga fanns turligt nog redan i våra register, trots sin ringa ålder. Vad jag förstod på er så var det fler som var med vid överfallet, men dessa hittade jag inga direkta spår efter, som leder någonvart i nuläget. Detta beroende på att det mest rör sig om skoavtryck och det kan ju räcka med att de lånat någon annans dojor, så skiter det sig ju, fortsatte Lisbeth.

-Visserligen kan det vara så, men har vi bara identifierat några av dem, så kan de ibland med viss påtryckning läcka om vilka som var med i lägenheten. Vi får titta på vilka som ingår i gänget, svarade Jesper.

-Du nämnde att det fanns ett samband mellan mordet med stilett och överfallsmordet, hur kom du fram till det och på vilket sätt har de något gemensamt? frågade Linn.

-Jag hade ju vissa misstankar om hur det förhöll sig, men bekräftelsen på att det var på det här viset, hjälpte SKL mig med. Följ med här så ska jag visa er något väldigt intressant, sade kriminalteknikern hemlighetsfullt och visade in dem till sin kontorsdator.

- - - - -

Andra natten i arresten var lik den första, på så sätt att han vaknat ett flertal gånger och insett att mardrömmen var verklig. Hur många gånger som han lovat sig själv att aldrig mer göra saker som resulterade i att han låstes in, hade han tappat räkningen på. Skamkänslorna var enorma och han hatade sig själv fruktansvärt mycket för att det hela hade blivit så här. Att han var misstänkt för ett helt annat brott än det han trott från början, var knappast förmildrande. I värsta fall uppdagades inbrottet han utfört med Ludvig också och då kunde han definitivt förstå om Lisa aldrig någonsin ville se honom mer. Scotten kom plötsligt på sig själv med att han log åt eländet som blivit. Fast han inte använt sin stilett och mördat aset som bromsat framför honom, så var det fullt möjligt att han skulle dömas för illdådet. Hur tusan han så obetänkt kunnat loska typen i kalufsen och därmed lämnat sitt DNA, var för honom nu helt obegripligt. Frukosten som han nästan jublat åt dagen innan, var inte alls någon höjdare idag, fast den såg exakt likadan ut. Om det berodde på att han redan vant sig eller om allvaret i situationen sjunkit in, visste han inte.

-Morrn Scotten! Din advokat kommer och snackar med dig om en stund, upplyste väktaren honom om.

Innan han ens hunnit svara, slogs luckan igen och steg från hårda klackar hördes gå vidare därifrån.

-Godmorgon Oskar "Scotten" Scott! sade Annie när hon lite senare kom in i förhörsrummet dit han förflyttats.

-Morrn advokat Annie Stolpe! Ska vi vara riktigt formella idag, eller vad är på gång? undrade han.

-Nej, det är väl inte nödvändigt. Blir det rättegång framöver så låter det förmodligen bättre om jag nämner dig vid namn, men där är vi ju inte, förklarade hon.

-Menar du att det finns risk för att jag fälls för det här fast jag är helt oskyldig? frågade Scotten nervöst.

-Jag hoppas att det inte blir så. En liten sak i rätt riktning har framkommit sedan vi sågs sist och det är att du finns med på en övervakningsfilm från macken där du tvättade din bil. Även att du betalade med ditt kort där bekräftar den saken, fortsatte advokaten.

-Menar du att inte det är fullt tillräckligt? Jag kan väl för tusan inte ha varit på två platser samtidigt? försökte Scotten.

-Mordet som begicks med ett stilettliknande föremål, kan ju mycket väl ha utförts innan du åkte och tvättade din bil. Det tar förmodligen inte mer än högst en sekund att utföra en sådan handling, spekulerade hon.

-Om vi nu antar att jag skulle begått mordet, hur troligt är det att jag sedan åker till en tvätthall och fixar iordning min bil? frågade Scotten.

-För en åklagare är det nog ett ganska förutsebart beteende. Flera mördare har gjort så genom tiderna för att förstöra eventuella spår. Det har också kommit till polisens kännedom att du beställt en ny registreringsskylt till din bil. Detta kan lätt ses som ett försök att undanröja bevis för ett brott man begått, förklarade Annie.

-Fasen, det känns som om jag redan dömts, för någon annan stilett har väl inte polisen funnit?

-Nej, det har de inte. Faktum är att jag faktiskt är ganska osäker på om de lägger ner resurser på att leta ens. Har du en jäkla tur, kanske den hittas av någon som lämnar in den hos polisen, gärna då med bindande fingeravtryck som tillhör någon annan, fortsatte advokaten allvarsamt.

-Du hör ju själv hur osannolikt det låter, svarade Scotten och slöt sina ögon.

- - - - -

Kapitel 20

-Det som är jäkligt märkligt, är att katthåren jag fann på den som mördades med stickvapnet, återfanns i lägenheten där den äldre mannen dödades, berättade Lisbeth.

-Är det inte troligt att Scotten har mördat båda två? för det är väl mycket som talar för det, undrade Linn.

-För det första så stämmer det inte tidsmässigt, för gängöverfallet inträffade när vi precis hämtat in Scotten till förhör. Så för det andra mordet har han i alla fall alibi, förklarade Jesper.

-Dessutom finns det ingen matchning mellan Scottens katt och de hårstrån vi fann på de båda mordställena, sade Lisbeth.

-För en sekund trodde jag att vi var nära en lösning, men det förstår jag att vi inte alls är. Det hade ju krävts ett mer konkret bevis, typ ett DNA-spår som tillhörde gärningsmannen och inte som i det här fallet ett kattskrälle! resonerade Leila eftertänksamt.

-Hur tusan ska vi gå vidare med det här? jag menar har vi inga säkra bevis så måste väl utredningen läggas ner, sade Linn undrade.

-Vi får gå till botten ordentligt med vilka som befunnit sig i den äldre mannens lägenhet. Genom att noga kontrollera personerna vi har fått identifierade i gänget tack vare Lisbeth, får vi kolla om någon av dem har en katt hemma med passande DNA. Hittar vi inget där, går vi vidare med att undersöka alla som ingår i gänget, förklarade Jesper.

-Det låter som ett ganska tidskrävande arbete, men vi har väl inget val, svarade Linn.

-Det är ju för tusan två mord som begåtts! Vi måste göra allt för att gripa den skyldige. Risken är överhängande att dödandet fortsätter om vi inte sätter stopp för det snarast, förklarade deras chef bestämt.

- - - - -

-Om du vet vad Scotten sitter anhållen för, så vill jag att du berättar det för mig nu! sade Ebba och spände ögonen i Ludvig.

-Jag har inte en aning. Visst brukar vi göra en hel del tillsammans och det är väl inte alla gånger som det är något som snuten gillar, men i det här fallet vet jag inte vad han gjort, förklarade Ludvig.

-Jag får väl lita på vad du säger, men jag trodde faktiskt att du visste om han höll på med något så pass olagligt så de behåller honom i arresten, fortsatte Ebba.

-Som jag antydde nyss, så borde väl polisen tagit in mig också i så fall. Eftersom vi hjälper varandra med en del grejer, skulle jag ju också varit misstänkt för samma sak, men det är jag ju inte. Jag kan tänka mig att det antingen är någon gammal ovän till Scotten som på det här sättet försöker hämnas. Ett annat tänkbart scenario är ju att Scotten haft oflyt tidigare och hamnat på kant med rättvisan. Därmed finns han i deras register och så fort det händer något så letar de bland de som strulat tidigare, spekulerade Ludvig.

-Jag tycker att hela situationen är olidlig, Scotten är ju min tvillingbror och dessutom är han tillsammans med min bästa vän Lisa! sade Ebba med tårar rinnande från sina ögon.

-Hur tar Lisa det här egentligen? frågade Ludvig.

-Hon är precis förstörd och det är extremt farligt för henne just nu. Det är massor av graviditeter som börjat krångla när det skett sådana här omstörtande saker i livet, fortsatte hon.

-Jag vet att det tyvärr är på det viset, för det har jag också hört. Frågan är bara hur vi ska kunna hjälpa henne, sade han fundersamt.

-Lisa har ju bara Knasen och en hund hemma hos sig, det kanske inte räcker fullt ut nu. Hittills har hon gått till sitt arbete och det är förmodligen bra, för då tvingas hon att tänka på något annat. Visst kan vi erbjuda henne att sova här, men det blir också lite konstigt, för jag måste ju åka till skolan tidigt i morgon, förklarade Ebba.

-Förmodligen vore det lugnande för henne om hon visste att allt var bra med Scotten. Är det äkta kärlek mellan dem så har jag svårt att tro att deras förhållande spricker bara för att han gjort något litet skitbrott. Det hade nog varit en annan sak om han var misstänkt för mord eller liknande, sade Ludvig.

-Ja, det får vi verkligen tro att det inte är så grovt som mord, för då vet jag faktiskt inte hur det går. Tror du verkligen inte att du kan pumpa din syster Leila som jobbar på polisen? Jag menar, något måste hon väl kunna säga så att det kan lugna Lisa, fortsatte Ebba.

-Jag tror det är lönlöst, men visst är det värt ett försök. Jag vet att Leila har skuldkänslor för att Scotten räddade livet på henne, något sådant försvinner inte så lätt. Men det är klart, finns det bindande bevis på att han är skyldig, så kan Leila inte säga så mycket eller göra något för att han ska gå fri, berättade han.

-Nu är klockan så mycket att det ändå är för sent att ringa Leila, men jag vill att du provar imorgon. Jag kommer hem igen på fredag kväll och är Scotten inte frisläppt då, får vi kanske höra om Lisa vill bo hos oss över helgen, föreslog Ebba.

-Vi kör på det, svarade Ludvig samtidigt som han började rota i frysen för att se om där fanns något ätbart.

-Klockan är faktiskt över tio, ska du verkligen äta något så här sent? frågade Ebba.

-Jag hann bara få i mig ett par piroger i förmiddags, så jag känner att jag behöver något innan jag lägger mig, annars somnar jag aldrig, sade Ludvig och drog fram en pizza.

-Du är ju helt otrolig, det är på tiden att du lägger om dina matvanor, för på det där viset kan det inte fortsätta. När jag är färdig med mina studier får vi tillsammans styra upp kostvanorna, sade Ebba.

-Fy tusan, då lär det väl bli broccoli både på längden och tvären, muttrade han medan pizzan åkte in på en plåt i ugnen.

- - - - -

-Ska du sova med dina ögon öppna? undrade Jespers fru när hon skulle gå till sängs efter ett timslångt telefonsamtal.

-Jag ligger och tänker och på något sätt hoppas jag att det går bättre om jag inte blundar. Du förstår, det verkar som om vi är miltals från en lösning på ett par hemska brott, trots att vi får in bra bevisning. Jag vill absolut komma på en lösning snart, förklarade Jesper och gäspade motvilligt.

-Med andra ord så tror du att risken är mindre att du somnar ifrån problemen, om du tvingar dig till att ha ögonen uppspärrade, resonerade Britta.

-Ja, seriöst så anser jag att det verkar logiskt. Men du kanske är av en annan uppfattning, fortsatte han.

-Tja, jag vet ju inte så mycket om era hemska utredningar, men just när det kommer till att lösa svåra problem, så kan jag nog hjälpa dig. Det i särklass bästa sättet är att sova! Då fixar hjärnan till det mesta när man drömmer, prova får du se! berättade hans fru.

-Ah, det där säger du bara för att jag ser ut som en död fisk när jag ligger och tittar i taket. Jag ska sova nu, men det beror inte på vad du sagt, för det där tramset tror jag inte alls på, svarade Jesper.

-Jaså, vad beror det på då? frågade Britta nyfiket.

-Jag får ju för tusan så ont i ögonen av att ligga här och glo! Sov gott! svarade han och lade sig på sidan.

-Vad spännande det ska bli att få höra om du har löst brotten imorgon bitti, sov gott! sade hon.

- - - - -

-Morrn Scotten! nu ska du få höra det senaste som framkommit, sade Annie och klev in i förhörsrummet.

-Jaha, låt höra, svarade han lite kort. Mest för att han inte ens fått någon frukost än.

-Man har funnit ett stickvapen i en hängränna alldeles ovanför mordplatsen. Tydligen har gärningsmannen kastat upp den där innan hen flydde ifrån platsen, spekulerade advokaten.

-Men hur säkra är de på att den använts vid mordet?

jag menar, finns det något som säger att den inte låg där redan tidigare, undrade Scotten.

-Jag tycker definitivt att fyndet av stiletten i hängrännan är till din fördel av vissa skäl, fortsatte hon.

-Det får vi väl hoppas, inte för att jag begriper hur det skulle kunna vara det, för snuten har ju antytt att jag hade ett helt knippe stickvapen på mig, sade han.

-På vapnet har man funnit blod som överensstämmer med den mördades, vilket då binder det till brottet. Dock har man inte funnit något DNA-spår från gärningsmannen, berättade Annie.

-I och med att de inte hittade några spår på stiletten från den som höll i den, är det väl troligt att polisen säger att jag har haft handskar på mig, så åker jag dit i alla fall, svarade han uppgivet.

-Det är en detalj som talar för att det inte var du som höll i det här vapnet och det är att man funnit hår från en katt här med. I analyserna har det framkommit att katthår med samma DNA hittats även hos den äldre mannen och kragen på personen som stickmördades, förklarade Annie.

-Du får ursäkta, men jag hänger faktiskt inte med riktigt. Möjligt att det beror på att jag fortfarande inte fått något att äta, sade Scotten.

-Jag förstår att du tycker att allt verkar konstigt, det finns ingen som kan säga något annat. Men faktum är att bara för att man hittat samma DNA på tre platser, så behöver inte det betyda att en och samma person befunnit sig där, sade hon.

-Med andra ord så menar du att det logiskt sett är svårt att bevisa att jag utfört mordet, spekulerade han.

-Visst är det så, jag skulle vilja säga att det i nuläget är tämligen omöjligt. Det är åklagarens uppgift att tillsammans med polisen se till att det inte finns några tvivel till att du är skyldig och dit tror jag inte att de kommer, fortsatte advokaten.

-Helt klart är jag glad om jag inte döms för ett brott som jag är oskyldig till, men helst hade jag sett att den som gjort det fick stå för det, svarade han.

-Jag är inte så säker på att den skyldige någonsin kommer att gripas, men man vet aldrig, sade Annie och reste sig för att gå ut.

-Tack för att du kom hit och berättade för mig hur det ligger till. Hör du av dig om det är något på gång? frågade Scotten.

-Klart att jag gör! sade Annie och gick därifrån.

- - - - -

-Typiskt, nu har vi tagit in de tre killarna som var bundna till överfallet, men ingen av dem har katt i sina hem, sade Leila när efterforskningarna var klara.

-Jag har låtit kontrollera om någon övrig gängmedlem kommit i kontakt med aktuellt katt-DNA, men det blev inget napp där heller, fortsatte Linn.

-Jag kom att tänka på en sak i natt som vi ska gå till botten med. Även ambulanspersonalen som hämtade gamlingen samt de poliser som var först på plats ska undersökas. Jag har begärt hit förstärkning från Rikskriminalen och de har redan skickat hit ett team som hjälper oss med den saken omgående. De kommer även gå till botten med att söka reda på de som inte infann sig till förhör på skolan. En av de tre som inte kom, hade drabbats av sjukdom och ligger på sjukhus. De två andra verkar som att de gått under jord och är från och med nu efterlysta, förklarade Jesper samtidigt som Leilas telefon ringde.

-Ursäkta mig, men jag behöver ta det här, sade hon och skyndade in på sitt kontor för att kunna prata ostört.

Några minuter senare när samtalet var avslutat, satt Leila kvar i sin stol. Hur gärna hon än ville, så gick det inte för sig att berätta för sin bror Ludvig om vad de hade på Scotten. Om hon gjorde det var hennes tid som polis förmodligen till ända, om det framkom.

På samma gång kände hon sig fruktansvärt svekfull för att hon inte kunde förklara för honom vad Scotten var misstänkt för. Bekräftelsen av att Lisa dessutom var gravid, gjorde att hon började gråta hejdlöst. Alltför väl visste hon att sådant här bäddade för att något kunde gå snett och till det var hon nu helt plötsligt medskyldig! Gick det åt skogen, skulle hon aldrig kunna förlåta sig själv för det.

Efter några minuter kände Leila att hon inte hade tid att sitta och fundera mer på samtalet hon fått från sin bror. Med skapligt avtorkade kinder och rödsprängda ögon gick hon tillbaka till Jespers kontor.

-Jag har satt dig på att delge rikskrimmarna vilka personer vi ska göra efterforskningar på, bland dem är ju faktiskt du, sade Jesper med ett leende för att försöka få Leila bättre till mods. Nästan direkt såg han på henne att allt inte stod rätt till, men fann det lämpligast att inte fråga vad det gällde, åtminstone inte för tillfället.

-Jaha, det är inga problem det kan jag ordna. Inte för att det spelar så stor roll, men vad ska Linn göra under tiden? frågade hon.

-Oturligt nog så fick hon ett plötsligt migränanfall, det var vad hon sade i alla fall. Min fru Britta, drabbas av det där eländet emellanåt och jag har förstått på henne att det är fruktansvärt. Jag skickade hem henne direkt, förklarade hennes chef.

-Vad gör vi om vi inte får något napp nu heller? undrade Leila som kände sig lite okoncentrerad trots att hon gjorde allt för att fokusera på uppgiften. Tankarna på att Lisa led som tusan gick inte att tränga bort helt.

-Det finns absolut ingen anledning att måla upp en massa konstiga scenarios! Nu har du fått en uppgift att vidarebefodra en lista på de som ska kontrolleras och då räknar jag med att det blir gjort. Rikskriminalen går säkert vidare om det behövs, men det släpper vi tills vidare, fortsatte Jesper.

-Jag vet inte om jag orkar med att du blir arg på mig nu, samtalet jag fick nyss var nämligen jäkligt jobbigt, förklarade Leila medan hon började gråta igen.

-Förlåt mig, jag vet inte riktigt hur jag tänkte! Jag såg ju på dig att du var förstörd när du kom tillbaka nyss, ändå bumlade jag på som en buffel! Är det något jag kan hjälpa dig med? frågade hennes chef.

-Kanske om en stund, vi får se. Jag ordnar listan nu, svarade Leila och gick därifrån.

- - - - -

Kapitel 21

Scotten brottades i sina tankar med att försöka hitta en väg ut från skiten han hamnat i. För en liten stund hade allt varit på topp i livet och det var bara för några dagar sedan. Stunden som han tyckte allt varit perfekt, var på Nyköpingsbro dit de hade åkt med den nyinköpta bilen, men det var egentligen inte den som var viktigast.

Istället var det att se Lisa lycklig! Hon var den finaste han någonsin träffat och det hade hänt mer än en gång att han funderat på vad Lisa egentligen sett hos honom. När han suttit där mitt emot henne, var det precis som att han på riktigt insåg att de snart skulle bli föräldrar! Säkert den mäktigaste upplevelsen som två människor som älskar varandra, någonsin får vara med om!

Blev han dömd för mord, var det ytterst osäkert om Lisa ville se honom längre, det visste han. Förmodligen spelade det inte så stor roll om han egentligen var oskyldig, utan det var nog domen på flera års fängelse som avgjorde, anade han.

På något sätt var det som om historien upprepade sig, lite grann i alla fall, om man jämförde med farbror Joakim. Han hade varit mellanbroder och hade levt i en gråzon till vad som var lagligt. Den yngsta brodern hade levt riktigt hårt med droger och stölder och dött av en överdos när han precis fyllt trettio. Sedan var det då Scottens egen pappa, som skött sig bäst och lyckats leva ett ganska vanligt liv. Visst hade hans mamma Maria och han haft lite problem i sitt förhållande, men på senare tid när Ebba och han själv flyttat hemifrån, verkade det som om kärleken mellan dem hittat tillbaka igen.

Sin tvillingsyster Ebba visste han hittills också var han hade, för hon var en av få människor som verkligen trodde på honom och hade stöttat honom. Det kunde ibland innebära att hon ställt höga krav på honom eller utdelat en hård spark i arslet, både bokstavligt och fysiskt.

Scotten ville absolut inte tappa kontakten med Ebba, utan hur det än gick kände han ett stort behov av att ha henne som mentor.

Bland de som fanns närmast i hans omgivning, kände han sig alltså mest lik sin farbror Joakim. Även han hade strulat en hel del och hamnat i klammeri med rättvisan åtskilliga gånger.

Med en jäkla tur och en fantastisk flickvän som hette Louise, hade livet för Joakim sedan en tid tillbaka rett upp sig på bästa tänkbara sätt.

Tillsammans med sin lille son Jonathan, såg de ut att vara rena drömfamiljen och det var på just det sättet han själv ville leva.

Hur framtiden verkligen skulle bli för honom, fanns det ingen som i nuläget kunde säga. Allt berodde på vad polisen kom fram till och om det dök upp något som inte var känt tidigare. Advokaten Annie Stolpe hade gett honom vissa förhoppningar, men han visste inte om hon sagt det bara för att han inte skulle klappa ihop totalt.

-Jag vill träffa min advokat! ropade Scotten till en väktare som han hörde gå förbi utanför cellen.

-Ska se vad jag kan ordna, svarade han och fortsatte.

En halvtimme senare flyttades han över till ett förhörsrum där Annie redan befann sig.

-Hej Annie, tur att du kunde komma, för jag kände att jag bara måste få prata med någon. Har du några nyheter? undrade han.

-Hej! Jo, till att börja med så kan jag säga att Ebba och dina föräldrar hälsar till dig. Lisa har också kontaktat mig. Hon berättade att hon känt sig så ensam och ledsen, att hon låtit Henrik ligga i sängen också. Jag lägger ingen värdering i det, folk får leva hur de vill. Du kanske tycker det är okej att hon slipper ligga och frysa själv, fortsatte advokaten med en fundersam min.

-Min farsa! jag ska mörda honom!

Könsord! Visst ja, nu kom jag på att vi adopterat en blodhund som heter Henrik! Det är förstås honom hon menar, svarade Scotten och andades ut.

-Jag vet inte om Lisa delar säng med din pappa eller en blodhund, för det sade hon inget om. Hur som helst så har jag framfört hälsningen till dig.

Till något annat, Rikskriminalen har kallats hit, så de går säkert till botten med att lösa det här. Det borde vara en fördel för oss, för de gör nog allt för att gripa den skyldige, fortsatte Annie medan hon knäppte upp de översta knapparna på sin blus.

-Beroende på att jag vet själv att jag inte gjort något, låter det ju positivt. Visst tusan är det varmt härinne, fortsatte Scotten och försökte se oberörd ut.

-Det är rent av hett skulle jag vilja uttrycka det! Jag har en klient jag ska vara hos om en kvart, men jag lovar att höra av mig, berättade Annie och plockade ihop sina grejer.

-Schysst av dig att komma så snabbt, jag känner mig genast bättre till mods. Var snäll och hälsa tillbaka, sade Scotten.

-Det ska jag göra, till båda Henrikarna bland annat, svarade Annie skrattande innan hon lämnade honom.

- - - - -

-Morrn chefen! Har du hört något från rikskrimmarna? de trodde att de kunde ha ett resultat färdigt tills idag. Mig följde de med hem efter jobbet igår, men jag är ju lite allergisk mot pälsdjur, så hos mig fick de ingen matchning, sade Leila.

-Ja, nu börjar det hända grejer! Mår du bättre idag förresten? frågade Jesper.

-Jag känner mig fortfarande lite tankspridd, för det är så mycket på gång nu. Men absolut är det bättre. Jag känner en av ambulanssjukvårdarna lite ytligt och han har en katt har jag sett på Facebook. Är det honom vi ska titta lite närmare på? undrade Leila.

-Nej, om du tänker på Jansson så är han faktiskt inte kontrollerad ännu, för han fick en iltransport till Lund igår eftermiddag och har inte kommit tillbaka. De får ju inte köra för länge utan att vila, men han kommer väl hit så småningom, om det nu behövs, förklarade Jesper.

-Okej, men du sade ju att det var något på gång, hur är det med det? frågade hon.

-Behåll jackan på, för vi ska åka och plocka in en person som bor i Brandholmen, fortsatte hennes chef.

-Är det full mundering med skottsäker väst och vapen som vanligt, eller hur bedömer du det? frågade Leila.

-Ja, personen har tillgång till vapen, det är känt, men jag förmodar att det blir ett lugnt gripande, sade Jesper.

-Går det bra att du kör? Jag hade svårt att hinna få i mig en stadig frukost i morse, för jag råkade försova mig. Tack vare det är jag ashungrig nu och tänkte äta en påse bullar på väg dit, förklarade Leila.

-Jag kan köra så får du tugga i dig bullarna, svarade Jesper och låste upp bilen.

Här är det, på andra våningen, förklarade han och pekade mot en lägenhet när de kom fram.

Till svar fick han bara en nickning av Leila, som inte tuggat ur än.

-Vänta lite, så ska jag bara stänga in min katt i ett annat rum, annars kanske han smiter, hördes en röst inifrån när de ringde på.

-Hej Linn! Du får följa med in till stationen, förmodligen vet du vad det gäller, sade Jesper när hon öppnat sin dörr.

-Jag anar väl vad det rör sig om. Det var nog bara en tidsfråga innan ni skulle komma på det, men förmodligen är det inte riktigt som ni tror, svarade hon och började ta på sig skor och ytterkläder.

-Då är det ju verkligen bra att vi får den korrekta versionen av dig när vi kommer in. Du vet förstås att du inget behöver säga utan att ha en advokat med dig, berättade Jesper.

-Jag kan gången och vet exakt hur det går till. Som det känns nu avvaktar jag med advokat. Är det något jag inte vill svara på, så väntar jag med den frågan så länge, förklarade Linn.

På väg till polisstationen var Leila tvungen att nypa sig hårt några gånger, för att en av hennes närmaste medarbetare skulle vara inblandad i ett mord, var helt ofattbart.

-Vi tar ett inledande samtal på mitt kontor istället för ett förhörsrum. Jag är dock tvungen att banda samtalet, förklarade deras chef.

-Jag förstår att det är på det viset, svarade Linn och satte sig i fåtöljen på Jespers kontor när de kommit fram.

-Jag vill att du med egna ord berättar i stora drag varför vi fann DNA-spår från din katt på brottsplatserna. Du får vara beredd att jag vill ha ett förtydligande ibland, men då säger jag till, förklarade deras chef.

-Som ni kanske redan känner till, så har jag haft ett förhållande med en kille som jag faktiskt en gång var med om att gripa. Ödet ville väl att vi skulle leva ett tag ihop, så det har vi gjort. Men sedan några dagar har jag inte hört ett ljud ifrån honom, kanske han har flytt någonstans eller blivit mördad, jag vet inte. Till saken hör att han tidigare langat droger till ungdomar på skolor. Hur tusan han kunde få jobb som lärarvikarie begriper jag inte, men på något sätt lyckades han. Dessutom kunde han beställa ämnen för att framställa kemiska droger direkt till skolan, beroende på att han fick jobb där som lärare i kemi och fysik.

Förmodligen undrar ni varför jag inte berättade det här för er med en gång, men ni ska veta att på samma gång som han kunde vara helt underbar, så kunde han i nästa sekund bli ytterst våldsam och börja misshandla mig, fortsatte Linn och vek upp sina tröjarmar för att visa en massa blåmärken.

-Vilket jävla svin! ursäkta att jag avbröt, var vänlig att fortsätt, sade Jesper förargat.

-Albert Jacobson som han heter, jobbade även extra på en bilvårdsfirma här i Nyköping. Jag känner inte till precis vad de sysslar med i detalj, men jag tror att de har en del verksamhet som inte är förenlig med vad som är okej. Bland annat har jag sett på textmeddelanden från Albert, att de systematiskt blåser försäkringsbolag och även reparerar bilar som egentligen skulle skrotas. Om de säljs vidare till utlandet vet jag inte, men det skulle inte förvåna mig.

Mordet med stickvapnet som ni fann i hängrännan, tror jag mycket väl att Albert gjort sig skyldig till, för de jobbade ju ihop. Men jag har tyvärr inga bevis för att det är så. Om det var en intern uppgörelse av något slag har jag inte en aning om. Det enda jag vet är att de kunde ha väldigt heta diskussioner ibland. Jag hittade dock ett par tunna latexhandskar i skräppåsen häromdagen som han kanske använde vid mordet, förklarade hon.

-Var är handskarna nu? undrade Leila.

-Jag lämnade dem till krimmarna i morse när jag kom på att det var betydelsefullt. Hur min katts hårstrå eller saliv hamnat i lägenheten där överfallet mot den äldre mannen ägde rum, har jag dock ingen förklaring till. Tror ni att Albert var inblandad där också? frågade hon.

-Nej, i det mordet var han förmodligen inte insyltad, berättade Jesper.

-Men hur går det ihop sig då? undrade Linn vidare.

-Din katts DNA hittades på offrets plånbok, och i förbigående nämnde Leila till mig att du tagit i den utan att ha handskar på dig, förklarade deras chef.

-Jaha, är det så det ligger till, det förklarar ju allt, fortsatte Linn.

-Ja, en del har helt klart fallit på plats, men vissa bitar återstår. Vi behöver först och främst få tag i Albert Jacobson och plocka in honom till förhör. Parallellt med det, ser vi till att med åklagarens hjälp få fullständig insyn i vad bilvårdsfirman sysslar med. Dessutom måste vi tillsammans med övriga myndigheter försöka styra in ungdomsgänget på rätt väg. Det blir en stor utmaning, men lyckas vi inte med det nu, så lär vi aldrig göra det, förklarade Jesper.

-Hur blir det med mig, får jag vara kvar i tjänst? frågade Linn oroligt.

-Jag ska ta upp det med högre instans, men personligen anser jag inte att det finns något hinder för det. Visserligen har utredningsarbetet fördröjts på grund av att du undanhöll viktig information om Jacobson, men det berodde ju på att du levde under hot. Räkna med att gå till arbetet imorgon som vanligt, om du mår bra då, sade Jesper.

-Du känner ju Albert Jacobson, tror du att han ger sig på dig igen om det framkommer att du tjallat på honom? frågade Leila.

-Tyvärr vet jag att han kommer göra allt för att tysta mig om det här läcker ut. I de lägena är det som om han inte har några spärrar, utan det verkar som att han blir helt förryckt, sade Linn.

-Ska vi försöka att ordna så att du får skyddad identitet och en ny bostadsort? undrade Jesper.

-Albert ger sig aldrig när det gäller att hämnas på någon. Jag vet att han misstänktes för att begå grova brott även när han satt inne, så kallad stämpling. Är jag kvar här i Nyköping och alltid är beväpnad, kanske jag har chans att överleva ett angrepp av honom. Byter jag däremot namn och till och med slutar med det här yrket, tror jag att mina dagar absolut är räknande, fortsatte hon.

-Hur skulle du agera om han attackerade dig, jag menar, kan du verkligen skjuta någon som du tidigare tyckte om? fortsatte Leila.

-I det här fallet kan jag lova att det inte blir några varningsskott i luften från min sida, utan får jag tillfälle så dödar jag den fan direkt, sade Linn med eftertryck.

-Tusan, det slog lock för mina öron precis, så jag hörde inte vad du sade, men det kanske inte var meningen heller, sade Jesper med ett leende.

-Jag såg Scottens advokat på polisstationen förut, ska vi gå genom henne och berätta om händelseutvecklingen, eller vad tycker du? frågade Leila när de var på väg tillbaka.

-Vi får se när vi kommer dit. Är hon inte upptagen med någon annan klient, kanske hon vill ta det själv med Scotten, föreslog hennes chef.

-Okej, men det brinner faktiskt inte i att meddela det, utan han kan mycket väl få äta en stadig lunch bekostad av staten först, sade Leila bestämt.

-Nej, så extremt bråttom är det väl inte. Vad hade du i åtanke? frågade Jesper.

-Jag har faktiskt inte fått i mig mer än lite brödsmulor på förmiddagen, så jag tycker att vi åker och käkar buffè snarast, fortsatte Leila.

-Då går vi på din linje och gör det. Som din chef vill jag ju inte att du ska svälta och tyna bort, sade Jesper och garvade.

-Nej just det, så ska det låta! Mot hotellet på

Folkungavägen! sade Leila bestämt.

-Titta, där är ju Annie Stolpe! utbrast Jesper när de kom in i restaurangen.

-Perfekt, då kan vi tala om vad som framkommit när vi äter. Sedan kan vi gemensamt tala om det för Scotten, för av olika anledningar så känner jag nu att jag vill det, fortsatte Leila.

-Jag tog mig friheten att ringa din boss på Allsvets AB och förklara att du inte är misstänkt för något brott längre. Han lät glad och hoppades få se dig på arbetet imorgon, sade Jesper när de besökte Scotten efteråt.

-Härligt, då är man en fri man igen! sade Scotten glatt.

-Lisa vet också om hur det ligger till, för jag stack till hennes jobb innan vi kom hit. Hon hade några timmar att plocka ut, så hon slutar nog strax, förklarade Leila.

-Vill du ha skjuts någonstans? Om jag inte missminner mig har du väl din bil på jobbet, sade Jesper undrande.

-Tack, men jag går gärna dit och hämtar den. Efter några dygn i arresten så värdesätter man friheten enormt mycket, förklarade Scotten.

Lite senare när Scotten kom ut, ångrade han sig att han inte tackat ja till att bli skjutsad till Allsvets AB. Dels hade det redan börjat skymma, trots att klockan bara var runt tre på eftermiddagen. Men mest för det fruktansvärt fuktiga och kyliga vädret som blev extra påtagligt i kuststaden Nyköping.

-Novemberluft, sade Scotten tyst för sig själv och stoppade ner sina händer i byxfickorna. Tanken på att få träffa Lisa snart var dock underbar och vägde upp allt!

-Jag är på topp igen! skrek han högt och gick vidare.

- - - - -

Efterord

SCOTTEN NOVEMBERLUFT är den första boken i andra trilogin om Oskar "Scotten" Scott. Med ett brokigt förflutet blir förväntningarna på honom därefter, både vad det gäller vad han antas kunna hjälpa till med, men även när det händer något brottsligt.
Hur det ska gå beror ibland bara på rena tillfälligheter. Det kan krävas att den verklige gärningsmannen ger sig till känna eller grips, för att man inte ska bli oskyldigt dömd.
Långt ifrån alla kan leva med att bli anklagade för något de inte gjort. Visst kan det inskränka sig till att man kräver en ursäkt eller ersättning av något slag, men ibland går det längre...
Att alltid ha en person efter sig som till varje pris är beredd att utkräva sin hämnd, behöver nog upplevas på riktigt för att man ska förstå hur det är.
Som jagad har man två alternativ, antingen ger man sig, eller så tar man upp kampen och försvarar sig, utan att ta hänsyn till följderna.
I nästa bok föjer vi Scotten vidare på hans färd genom livet..

Besök gärna min hemsida;
www.forfattarematsgustafsson.wordpress.com